토니 모리슨의 말

토니 모리슨의 말

노벨문학상 수상 작가의 생애 처음과 마지막 인터뷰

토니 모리슨
이다희 옮김

마음산책

옮긴이 이다희

펜실베이니아주립대학교에서 철학을, 서울대학교 대학원에서 서양고전학을 공부했다. 옮긴 책으로 토니 모리슨의 『타인의 기원』 『보이지 않는 잉크』를 비롯하여 『일터의 소로』 『미셸 오바마 자기만의 빛』 『거실의 사자』 등이 있다. 2023년 첫 에세이 『사는 마음』을 출간했다.

토니 모리슨의 말

노벨문학상 수상 작가의 생애 처음과 마지막 인터뷰

1판 1쇄 인쇄 2024년 12월 10일
1판 1쇄 발행 2024년 12월 15일

지은이 | 토니 모리슨
옮긴이 | 이다희
펴낸이 | 정은숙
펴낸곳 | 마음산책

담당 편집 | 황서영
담당 디자인 | 한우리
담당 마케팅 | 권혁준·김은비
경영지원 | 박지혜

등록 | 2000년 7월 28일(제2000-000237호)
주소 | (우 04043) 서울시 마포구 잔다리로3안길 20
전화 | 대표 362-1452 편집 362-1451   팩스 | 362-1455
홈페이지 | www.maumsan.com
블로그 | blog.naver.com/maumsanchaek
트위터 | twitter.com/maumsanchaek
페이스북 | facebook.com/maumsan
인스타그램 | instagram.com/maumsanchaek
전자우편 | maum@maumsan.com

ISBN 978-89-6090-913-7 03840

* 책값은 뒤표지에 있습니다.

흑인으로서 겪는 어려움은
우리가 사람이 아니라 흑인이었기 때문이에요.

■ 일러두기

1. 이 책은 『TONI MORRISON: THE LAST INTERVIEW AND OTHER CONVERSATIONS』
   (Melville House Publishing, 2020)을 우리말로 옮긴 것이다.
2. 외국 인명·지명·독음 등은 외래어표기법을 따르되 관용적인 표기와 동떨어진 경우 절
   충하여 실용적인 표기를 따랐다.
3. 국내에 소개된 작품명은 번역된 제목을 따랐고, 그렇지 않은 것은 우리말로 옮겨 적거
   나 독음대로 적은 뒤 원어를 병기했다.
4. 원문에서 강조한 부분은 굵은 고딕체로 표기했다.
5. 옮긴이 주는 본문 상단에 병기했으며 그 외 괄호나 주석은 원서에 있는 것이다.
6. 책 제목은 『 』로, 영화명·매체명·노래명 등은 〈 〉로 묶었다.

　내가 식당 주인이라면 좋겠다. 특선 메뉴를 정할 수 있을 테니까. 오늘은 토니 모리슨 스튜. 눈물과 연민을 버무린 이국적인 맛. 자라나는 것은 오직『가장 푸른 눈』과 특별한 피콜라 한 잔. 아무도 그 두려움과 증오를 진정으로 감싸안을 수 없기 때문에 피콜라 한 잔은 금세 스쳐 간다. 특선『가장 푸른 눈』의 가장 탁월한 요소는 바로 금잔화이다. 꽃이 피지는 않았지만 씨앗은 그대로 있다. 대접에 씨앗을 몇 개 넣고 지켜보라. 무엇이 자라나는가, 혹은 자라나지 않는가.

　『술라』역시 강력히 추천한다. 서로를 잃게 되는 두 여자 친구를 섞은 맛. 디저트는 포함되어 있지 않지만 따뜻한 빵이 제공된다. 넬을 오븐에서 꺼내는 순간 술라가 냉장고에 들어간다. 이 요리는 시간 조절이 관건이다. 욕망과 불가능 사이에서 적절한 균형을 잡아야 한다. 때때로 주방장은 약간의 대학 교육을 그 멋진 모자와 버무리기도 한다. 모자 덕분에 아주 재미있다. 모자를 잡는 사람은 덤으로『솔로몬의 노래』와 신선한 우유 한 잔을 받기 때문이다.

　물론『재즈』도『빌러비드』하게 영화 한 편, 그리고 대화 한두 차례와 섞으면 좋다. 토니 모리슨 카페라고나 할까. 그리고 보드카. 내 취향은 싸구려 샴페인 쪽이지만. 물은 병에 든 생수만 취급한다.

토니의 집이 미식가들에게 열려 있었다면 언제나 도미튀김이 준비되어 있었을 것이다. 물론 다들 튀긴 음식이 심장에 안 좋다 이러쿵저러쿵하지만 미국 흑인들이 메기와 돼지 곱창 없이 어떻게 노예제도와 분리 정책을 견디어냈겠는가? 도미튀김은 별미였다. 그리니치빌리지의 한식당에 가끔 도미가 나오곤 했는데 나는 토니가 도미튀김을 좋아한다는 걸 알고 뉴욕 토니의 집으로 그를 데리러 갔다. 나 같은 시인에게는 값비싼 요리였지만 다른 사람도 아니고 토니 모리슨인데. 나는 타운 카를 불러 토니의 집으로 가달라고 했고 토니를 태워 카페로 데려가곤 했다. 무슨 얘기를 했는지 이제는 기억은 나지 않지만 저녁 식사가 끝나면 차를 타고 집까지 데려다줬다. 토니는 자신이 타운 카를 불러도 된다고 했지만 내가 토니를 집까지 데려다주지 않았다면 우리 할머니에게 호되게 꾸중을 들었을 것이다. 그래서 차로 데려다주고 잘 자라고 인사한 뒤 맨해튼으로 돌아왔다. 시인이 소설가보다 가난하다는 사실을 토니도 알았을 것이다. 하지만 우리가 둘 다 남부 출신이라는 사실, 남부 사람들만의 원칙이 있다는 사실도 토니는 알았다.

불에 타버렸다는 집은 가본 적이 없지만 허드슨강 강변에 있었던 토니의 집에서 내가 가장 좋아한 것은 아래층 욕실에 있던 노벨상 증서였다. 나는 운 좋게도 토니 모리슨을 친구 삼을 수 있었다. 우리는 대체로 말이 많지 않았다. 토니를 만날 때면 언제나 편안한 침묵이 있었다. 우리 엄마는 6월 24일에 떠났고 언니는 그 직후 8월 5일에 갔다. 나는 착한 딸이자 동생에게 주어진 책임을 다하려고 했고 잘 해낸 것 같다. 그럼에도 슬펐다. 어느 오후 망연자실 책상 앞에 앉아 있던 나는 토니에게 전화를 했다. 아마 그 어느 때보다 말을 많이 했을 것이다. 토니는 고

맙게도 다 들어주었다. 그리고 마지막에 입을 열었다. 니키, 글을 써. 그 길밖에 없어. 글을 써.

　내가 식당 주인이었다면 모리슨 특선 스튜를 끓여 우리 모두가 지금을 이겨낼 수 있도록 도울 텐데. 이 책의 원제에는 "마지막 인터뷰"라고 쓰여 있지만 토니와의 마지막 인터뷰는 결코 있을 수 없다. 토니의 책은 살아 움직이며 우리에게 말을 건다. 토니는 글을 읽으라고 말하지 않았다. 글을 쓰라고write 했다. 토니 말이 옳다right.

니키 지오바니

차 례

사랑은 살고 싶게 만들어줄 뿐만 아니라
삶을 당당한 것, 당당한 사건으로 만들어줍니다.

최초의 인터뷰

　흑인의 역사를 담은 향수 어린 스크랩북을 만든다는 생각은 너무나도 당연하게 느껴져서 이미 수년 전에 나오지 않았다는 사실이 오히려 놀랍다. 하지만 『더 블랙 북The Black Book』은 랜덤하우스 출판사의 쾌활한 흑인 편집자 토니 모리슨 정도는 되어야 기획할 수 있는 책이었다. 그리고 빌 코스비는 이 책을 이렇게 설명했다.

　"나이를 300살 정도 먹은 흑인 남자가 열 살 무렵부터 스크랩북을 만들었다고 생각해보세요. 자신과 자신 같은 사람들이 미국에서 살아가는 모습을 담은 스크랩북 말이에요. 흥미로운 신문 기사, 오래된 가족사진, 수집용 카드, 광고, 편지, 전단, 해몽서, 포스터, 온갖 이야기, 소문, 날짜 등이 담긴. 그 책은 미국 흑인이 지나온 여정을 보여주게 되겠죠. 바로 이 책처럼……."

　토니 모리슨에게 300살 먹은 신사는 없었지만 그만큼 귀중한 것이

이 글은 1973년 12월 발행된 〈퍼블리셔스 위클리〉 204호에 수록되었다. 인터뷰어 라일라 프라일리커는 출판계에서 오랜 경력을 쌓은 경영인으로, 당시 〈퍼블리셔스 위클리〉에서 부편집장을 지냈다.

있었다. 바로 남자 넷이 모은 흑인 관련 수집품이었다. 미들턴 스파이크 해리스, 모리스 레빗, 로저 퍼먼, 어니스트 스미스. 이들은 모두 『더 블랙 북』의 저자로 이름을 올렸다. 토니는 이 자료와 더불어 친구들과 친척들, 즉 '보통 사람들'로부터 받은 요리법, 인용문, 각종 사연 등도 책에 넣었다. '평범한 흑인 개인이 공감할 수 있는 책'을 만들고자 했기 때문이다. 토니는 이것을 "진정한 흑인 출판"이라고 부른다. 소수의 독자층을 위해 학술적인 흑인 역사서를 내는 출판 기획 방식과 차별을 둔 것이다.

모든 페이지에 삽화가 담긴 『더 블랙 북』은 미국 흑인의 역사와 문화를 그 기원인 아프리카에서 시작해서 노예제도와 해방을 거쳐 따라가며 음악, 미국 역사, 예술, 스포츠에 흑인이 기여한 사례를 보여준다. 민속문화와 부두교에 대한 장도 있다. 뉴욕 백인 신문, '검둥이 공개 매매'를 광고하는 포스터, 노예주가 남긴 기록, 구타와 린치 사건을 담은 사진 등이 이 책에 담겼다.

하지만 모든 내용이 암울한 것만은 아니다. 토니는 이렇게 말한다. "이 책의 요점을 간략하게 말하자면 생존이에요. 모든 걸 딛고 얻은 승리." 베시 스미스1894~1937, 미국 흑인 여성 블루스 가수가 롤러스케이트 경주에서 우승하는 모습, 소피 터커1887~1966, 미국 백인 여성 가수이자 코미디언가 자신의 주제곡으로 흑인 남성이 작곡한 〈머지않아 언젠가Some of These Days〉를 열창하는 모습, 페리 제독을 수행하기 위해 북극을 다녀온 맷 핸슨, 노예로 자라났으나 컬럼비아특별구 연방법원 집행관에 임명된 프레더릭 더글러스, 흑인이 발명한 현대식 만년필, 계란 거품기, 도로 청소차, 옥수수 수확기 등의 특허권도 책에 담겼다. 책날개에 적힌 설명처럼 이 책은 "우리의 여러 부족했던 모습"도 보여준다. 골든 피콕 표백 크림이나 닥터 파머 피부 미백제 광고, 노예를 소유했던 흑인들의 기록이 그렇다.

토니 모리슨은 작년 봄, 새 소설 『술라』를 완성한 뒤에 『더 블랙 북』 작업에 착수했다. 그리고 지난 몇 달간 근무시간 전부를 이 책을 편집하는 데 쏟다시피 했다. 동시에 연장 근무를 하면서 여섯 권의 다른 책도 편집했다. 토니는 이렇게 말한다. "디자이너 잭 리빅과 제작 담당 해럴드 래글런드, 그리고 저는 거의 함께 살다시피 하면서 책을 한 장 한 장 만들었어요. 책은 마치 저만의 생명을 가진 듯 형태를 갖추어갔어요. 가령, 인종 간 결혼에 관한 연극 〈남편 잃은 브라운의 실상The Real Widow Brown〉 포스터는 버지니아주의 흑인 관련 법률과 나란히 두었더니 더 큰 의미를 갖게 되었죠. 그 밖의 사진과 포스터도 흑인의 시, 성가, 인용구, 신문 스크랩, 이야기 들과 잘 어우러졌어요. 제가 골라서 챕터에 따라 구분한 것들이었죠. 이렇게 하니 자료가 저절로 말을 했어요. 편집자가 부연 설명을 따로 넣을 필요가 없었지요."

『더 블랙 북』 작업은 "아주 즐겁고 신나는 경험"이었다고 토니는 말한다. "아는 모든 사람이 자료를 보내줬어요. 어머니한테도 연락을 했다니까요! 아는 요리사에게서는 턴 머시tun mush 요리법을 받았죠. 옥수숫가루로 만드는 19세기 요리예요. 이모는 소작농이었던 가족이 어떻게 1919년에 현금 30달러만 가지고 북부로 도망쳤는지 그 사연을 글로 옮겨주었고요. 한 친구는 삼촌의 '해몽서'를 줬어요. (빈대 꿈을 꾸면 친구가 의리를 저버린다는 뜻이고 행운의 숫자는 522인 거 아셨어요?) 작가 이스마엘 리드는 부두교 주술을 보내줬는데 애인이 배신하지 않게 하는 방법, 외로운 사람에게 연인을 찾아주는 방법, 소송에서 이기는 방법이 있었어요."

『더 블랙 북』이 토니 모리슨에게 매우 소중한 프로젝트임은 틀림없다. "같은 흑인만이 흑인의 분노, 답답함, 끈질긴 희망을 이해할 수 있어요. 그래서 아무 백인 편집자에게 작업을 맡길 수는 없었을 거예요. 하지만 당연히 저의 개인적인 성향도 반영되어 있어요. 제가 흑인 역사와 가장 관련성이 크다고 생각한 자료를 담았으니까요. 그 결과 아이들에게 자랑스럽게 물려줄 수 있는 책이 완성되었고 다른 흑인 독자도 (그리고 백인 독자도) 그렇게 생각할 것이라고 자신합니다."

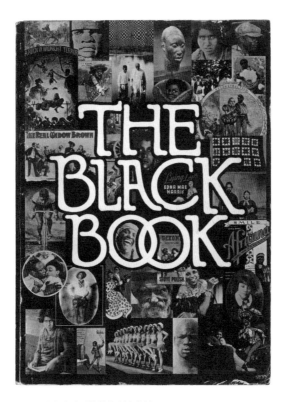

토니 모리슨이 편집한 책 『더 블랙 북』

가장 검은 글

서그즈　　첫 번째 소설 『가장 푸른 눈』은 백인의 잣대로 아름다움을 평가했던 흑인 공동체가 불러온 한 어린 흑인 소녀의 파멸을 이야기하고 있습니다. 선생님은 백인들의 기준으로 탁월함을 판단하는 학계와 출판계에서 자기만의 문학적 가치를 어떻게 발전시켜나가셨습니까?

모리슨　　『가장 푸른 눈』을 집필할 때 바로 그런 생각이 앞섰던 것 같습니다. 그러려고 시도하기도 했고요. 그 자체로 미적 완결성을 가진 작품을 읽고 싶었습니다. 그렇게 구체적으로 생각하지는 않았지만요. 다만 백인들에게 모든 것을 설명하려고 애쓰지 않는 책을 쓰고 싶다는 생각이었어요. 독자가 백인이라

이 인터뷰는 1986년 발행된 〈리버 스틱스미국 미주리주에서 발간되는 문예지〉에 수록되었다. 인터뷰어 도널드 M. 서그즈 주니어는 〈더 빌리지 보이스〉의 편집장, 게이 레즈비언 명예훼손 방지 협회GLAAD의 부회장을 지냈고, 할렘 유나이티드 커뮤니티 에이즈 센터Harlem United Community AIDS Center에서 사업 운영을 담당했다.

고 상정하는 것을 출발점으로 삼고 싶지 않았죠. 나 같은 사람을 위해 쓴다고 생각하고 싶었어요. 그게 가능해지자 어떤 것들은 저절로 떨어져 나갔어요. 어떤 설명, 혹은 정의 내리기가 필요 없게 되었죠. 그리고 주제에 대해, 그러니까 그 소녀들, 그들의 내면과 나의 내면에 대해 생각해볼 수 있게 되었어요. 어떤 면에서는 흑인 음악가들이 해온 것처럼 무엇이 가치 있고 무엇이 가치가 없으며 무엇이 구원받아 마땅한가에 대한 판단을 스스로 내릴 수 있게 되었지요. 바로 이것이 이 책의 동력이 되어주었습니다. 저는 남성이 쓴 굉장히 힘 있는 흑인문학을 상당히 많이 읽었지만 그 작가들이 남의 얘기를 한다는 느낌을 받았습니다. 나를 계몽하기 위한 글은 아니었어요. 오히려 무언가를 해명하기 위한 글이었지요……. 그들은 이런 해명을 아주 중시했습니다. 리처드 라이트1908~1960, 소설 『미국의 아들』을 집필한 미국 흑인 남성 소설가는 "미국이 어떤 곳인지 제대로 보여드리죠"라고 말하고 싶어 했어요.

서그즈   말씀하신 과정이 흑인 학생을 가르칠 때도 해당되는지 좀 더 자세하게 설명해주실 수 있을까요?

모리슨   그건 대답하기 상당히 어려운데요. 흑인과 백인 학생이 섞인 수업에서는 해봤지만 흑인 학생들만으로 이루어진 수업에서는 시도해보지 못했어요. 흑인과 백인 학생이 섞여 있을 때 제게는 수업을 듣는 모든 학생에 대한 의무가 있습니다. 그래서 백인의 가치관에서 출발해서 흑인을 거기 비추어 보는 방식을 택하지 않는 것이 중요합니다. 흑인의 가치관에서 출발해서 텍스트가 그 가치관과 어떻게 연결되는지 혹은 가치관을 어떻게 거부하는지 보는 것이 관건이었어요. 교수법 측면에서 저의 의무는 흑인 예술의 특징이라고 생각되는 모든 것, 일부 흑인들조차 강조하지 않는 흑인 세계의 현실, 현실로 인식되는 현실을 추려보는 일이었죠. 일단 그런 것들을 명명하고 나면 책으로 돌아갈 수 있어요.

저는 자아가 없다는 것이
무슨 의미인지 생각해보라고 합니다.
'타자'가 자아를 허락하지 않을 때를 말이죠.

서그즈   백인 학생들을 가르치는 일도 특수한 문제점을 야기했을 것 같은데요. 흑인 학생들로만 이루어진 수업에서는 쉽게 이해할 수 있는, 흑인 경험에 기반한 현실을 백인 학생들에게는 어떻게 이해시키나요?

모리슨   애초부터 약탈과 폭력이 있었다는 말로 시작합니다. 그런 다음 어떤 일이 벌어졌는지 봅니다. 거기서 어떤 긍정적인 결과물이 나왔는지, 흑인들이 빼앗긴 것, 명예를 어떤 다양한 방식으로 되찾으려고 했고 저항했는지 등을 살펴봅니다. 처음에는 당연하게 생각했어요. 제 말이 무슨 뜻인지 다 알 거라고요. 그런데 모르더라고요. 그래서 저는 자아가 없다는 것이 무슨 의미인지 생각해보라고 합니다. '타자'가 자아를 허락하지 않을 때를 말이죠. 노예제도가 바로 그런 것이니까요. 그리고 자아를, 혹은 지위를 되찾기 위해서는 어떻게 해야 하는지, 내 것이라고 부를 수 있는 예술이 없다는 사실은 어떤 의미인지 생각해보게 합니다. 옛날부터 지금까지 세상의 온갖 다양한 사람들이 했던 말을 인용하는데 그 담론을 잘 살펴보면 미국의 흑인은 가진 게 아무것도 없다는 메시지가 명확하게 담겨 있습니다.

서그즈   흑인 학교는 어떤가요? 그런 환경에서는 좀 더 쉬운가요?

모리슨   더 쉬워야 하겠지만 실제로 그런지는 모르겠어요. 저는 흑인민권운동 이전에 학생으로, 그리고 교사로 학교에 있었어요. 1964년에 떠났지요. 어떤 분야에서든 당시 우수성의 기준은 백인 학교를 앞지를 수 있는지였어요. 흑인민권운동 이후로 아마도 교과과정을 상당 부분 손봤을 거예요. 미국 역사 학습에 중점을 두었지요. 결과는 어떤지 잘 모르겠어요. 흥미로운 소식들은 들려오지만요. 예를 들어 하워드대학교1867년 흑인에게 고등교육을 제공할 목적으로 워싱턴 D.C.에 세워진 대학교는 아동 발달 분야에서는 손꼽을 정도라고 해요. 인문학 쪽은 어떤지 모르겠어요. 게다가 하워드대학교는 좀 억울한 처지가 되었는데 흑인민권운동은 학생들이 어느 학교든 다닐 수 있게 되길 바라는 입장이었어요. 최고의 교육을 받기 위해 꼭 하워드대학교를 갈 필요가 없게 된 거지요. 이제 다른 학교에도 갈 수 있었어요. 교직원도 마찬가지였고요. 그래서 1960년대 들어서 하워드대학교는 최고의 학생들을 놓쳤어요. 신비한 매력을 잃은 거예요. 우월한 기성 백인 학교들이 흑인 학생을 모집하기 시작했죠. 그런 학생들이 전에도 없지는 않았지만 그 수가 많이 늘어났죠. 그래서 언제나 분리 정책을 폐지하기 위해 앞장서 투쟁하던 하워드대학교는 아주 곤란한 상황에 빠졌어요. 하지만 정책이 폐지되고 백인 학생들도 하워드대학교에 오기 시작했어요. 이제 그곳 의대에는 백인 학생의 비율이 거의 3분의 2 정도입니다.

적敵은 가부장제라는 개념입니다.
세상을 운영하는 방식이나 일을 하는 방식으로서의
가부장제라는 개념이 우리의 적입니다.

서그즈   『술라』에서는 흑인 공동체 안에서만 생활하는 두 흑인 여성 간의 우정을 탐구합니다. 술라 같은 여성이 오늘날 책을 쓴다면 흑인 여성 특유의 짙은 감성을 관계와 젠더에 대한 주류 페미니즘의 시각과 어떻게 화해시킬 수 있을까요?

모리슨   쉽지 않을 것 같아요. 젠더, 그리고 페미니즘의 문제들에 대한 지적 토론의 장을 확보하는 것은 중요합니다. 하지만 그 자체로 목적은 아닙니다. 게다가 남성의 감성이 결여된 세상은 불완전한 세상이에요. 그러니 매우 민감한 문제입니다. 한 개의 선이 아니에요. 두 개가 서로 맞닿아 있어요. 각각은 서로의 관계로 인해 강화됩니다. 제가 말하고자 하는 것은 백인 페미니즘의 시각이 특정 영역에 한해서는 제게 매우 문제적이라는 사실입니다. 술라도 저처럼 쓸 거라고 가정한다면 말이죠. 술라가 권위에 저항하는 사람이라면 권위에 저항하는 해결책, 적어도 주류는 아닌 해결책에 관심이 있을 겁니다. 하지만 그러지 않을 수도 있어요.

오늘날의 분열은 안타깝습니다. '이쪽 아니면 저쪽'이라는 양자택일의 언어가 너무 진지하게 받아들여지고 있다는 사실이 안타까워요. 만약 내가 두 아들과 페미니스트 진영 사이에서 한쪽을 선택하길 강요받는다면…… 그렇다면 후자를 선택하지는 않을 거예요. 하지만 저는 왜 그런 선택을 해야 하는지 모르겠고 선택하길 거부할 겁니다. 임신 중단과 생명권도 마치 피할 수 없는 대립 관계에 있는 것처럼 이야기됩니다. 그렇지 않아요. 그런 투쟁의 장이 존재하지도 않는데 마치 있는 것처럼 만듭니다. 그러라고 아무도 강요하지 않아요.

이 나라에서는 대립하는 삶의 방식들이 공존할 수 있다는 생각을 언제나 받아들이기 힘들어해요. 사람들은 언제나 편을 먹고 싸움터를 마련합니다. 상대편을 죽이려고 해요. 마치 조화로운 사회에서는 두 가지 관점을 용납할 수 없다는 듯합니다. 대립과 파괴에 대해 그렇게 배워왔기 때문이에요. '내가 맞고 상대가 틀리면 상대는 죽어야 한다, 존재할 수 없다.' X와 Y 염색체를 가진 여성으로서 저는 여성이 이런 다양한 유형들을 화해시킬 수 있어야 한다고 생각해요. 타인을 향한 이데올로기적 학살은 우리 모두의 지성을 갉아먹고 있어요. 나에게 동의하지 않는 사람들은 근본적으로 존재해서는 안 된다는 아집에 기반해서 사람들은 타인에 대해 온갖 믿을 수 없는 말들을 하고 있어요. 그중에는 정치적인 발언, 생물학적인 발언 등 다양한 발언이 있어요. 문제는 위계질서를 구축하려는 태도입니다. 남성들의 세상에 자기를 맞추려는 사람들이 있고 남성의 세상에서 자유를 누리려 그 세상으로 들어가는 입장권을 차지하려는 사람들도 있으며 자기가 사는 세상에서 남성을 완전히 배제하고 싶어 하는 사람들도 있어요. 바로 이런 사람들이 제 생각에는 어떤 적의에 기반해서 전권을 휘두르고 있어요. 그들의 불만이 비합리적이라는 말은 아니에요. 적은 남성이 아닙니다. 적은 가부장제라는 개념입니다. 세상을 운영하는 방식이나 일을 하는 방식으로서의 가부장제라는 개념이 우리의 적입니다. 의학에서의 가부장제, 학교, 문학에서의 가부장제 말입니다.

서그즈 흑인 여성의 역할에 대한 물음은 흑인의 경험이라는 맥락 안에서 가장 잘 따져볼 수 있다고 말씀하신 적이 있는데요. 흑인 여성작가의 세상에서 흑인 남성이 그려지는 방식이 불공평하다는 비판에는 어떻게 응답하시는지요?

모리슨 일부 여성작가들은 백인 가부장제 사회 속 흑인 남성의 특수성을 매우 섬세하게 고려합니다. 흑인 남성과의 친밀감 덕분에 인종차별의 특성을 이해하고 있으며 흑인 남성을 단지 외부 남성의 범주에 뭉뚱그려 넣지 않습니다. 그러는 작가가 없지는 않지만 흑인 여성작가들은 백인 여성작가들만큼 심하지는 않아요. 매우 전투적인 백인 페미니스트의 경우 아주 배타적입니다. 그들의 세상은 남성의 감성을 용납하지 않는 경향이 있습니다. 흑인 여성들의 경우 그렇게 강경하지는 않아요. 그럼에도 사람들은 이야기하죠. 어떤 흑인 남성들은 흑인 여성 문학에 나타나는 남성 인물에 불만을 가지고 있다고요. 그럴 수 있어요. 저도 다 아는 건 아니니까요. 흑인 여성 문학 속 남성은 자상하지도 않고 합리적이지도 않다고 합니다. 하지만 저는 그게 오해라고 생각해요. 폴 마셜1929~2019, 미국 흑인 여성작가은 남자들을 그렇게 그리지 않아요. 저도 확실히 그렇게 쓰지 않아요. 끔찍한 남자도 있고 선한 남자도 있죠. 토니 케이드 밤바라1939~1995, 미국 흑인 여성작가이자 활동가. 소설 『소금 먹는 사람들(The Salt Eaters)』로 잘 알려져 있다도 남성에 대해 그렇게 쓰지 않아요. 글로리아 네일러1950~2016, 소설 『브루스터플레이스의 여자들』을 남긴 미국 흑인 여성작가도 남성에 대해 그렇게 쓰지 않고요. 그러니까 제 생각에는 잘못 알고들 계신 것 같아요. 사람들은 남성 인물이 훌륭하게 그려지지 않으면 경계심을 느끼죠. 실제로 그렇게 민감하게 느끼는 거예요. 민감해야 마땅해요. 누구도 남성 인물을 그릴 때 쉬운 길을 택하면 안 돼요. 어떤 책에서 흑인 남성은 단지 여성의 성장을 방해하는 존재로만 그려져요. 그러면 신빙성이 없죠. 이야기를 전개하는 데는 유용할지 몰라도 믿음이 가지 않아요. 그래서 남성은 그 문제에 경각심을 갖고 민감하게 여길 권리가 있어요. 우리 여성이 그 정반대의 문제에 대해, 흑인 남성의 책에서 흑인 여성이 다루어지는 방식에 민감할 권리가 있듯이 말이에요.

한 부모가 아이를
완벽하게 기를 수 없다는 사실은 저도 알아요.
하지만 두 명의 부모도 마찬가지입니다.

서그즈   예전에 어떤 인터뷰어가 선생님께 한부모가정의 수가 흑인
         사회에 미치는 영향에 대해 질문한 적이 있습니다. 흑인 여성
         이 남성의 부재를 자원으로 삼아 독립성을 키워야 한다는 대
         답을 하셨는데 좀 더 자세하게 설명해주실 수 있을까요?

모리슨   한부모가정을 어떤 결함이 있는 것처럼 여기는 태도는 제 입
         장과 전혀 다릅니다. 한 부모가 아이를 완벽하게 기를 수 없
         다는 사실은 저도 알아요. 하지만 두 명의 부모도 마찬가지입
         니다. 모두가 필요해요. 아이를 기르기 위해서는 공동체 전체
         가 필요하죠. 한 부모도 그 공동체를 누릴 수 있어요. 노력해
         야 해요. 결심해야 하죠. 공동체를 말하는 거예요. 제가 어렸
         을 때처럼 동네를 말하는 게 아니에요. 당시에는 같은 골목,
         동네에 사는 이웃들이 있었죠. 요즘 사람 대다수에게는 그런
         것이 존재하지 않아요. 특히 직장을 다니는 한 부모라면 더욱
         그렇습니다. 나를 위해서 동네의 기능을 해줄 수 있는 사람들
         을, 내 아이들을 위해 다양한 종류의 자원을 제공해줄 수 있
         는 사람들을 주변에 모아야 합니다. 일을 하면서 아이들을 홀
         로 키우는 여자 친구들이 있는데 그 가정의 아이들은 엄마의
         친구들을 마치 친척처럼 여깁니다. 친구들은 위급한 일이나
         힘든 일이 있을 때 서로에게 도움을 요청해요. 정말 서로를

일종의 생명 유지 장치처럼 사용합니다. 그러면 아이에게도 부모에게도 긴장감이 지나치게 팽팽한 일대일의 관계를 피할 수 있어요. 누구도 그렇게 살 수 없어요. 부모도, 아이도 마찬가지예요. 그래서 다른 사람들이 필요합니다. 부족附族이 필요해요. 뭐라고 부르든 상관없어요. 확장된 가족, 대가족이라고 해도 좋아요. 그런 게 필요합니다.

서그즈   앨리스 워커1944~. 미국 흑인 여성 소설가이자 시인. 소설 『컬러 퍼플』 등으로 널리 알려져 있다는 '백인을 염두에 두고 있다'고 여겨지는 책들을 비판했습니다. 서점 판매대에 줄을 선 백인 독자들 덕분에 상업적 성공을 거둔 흑인 여성작가들의 작품에 이런 비판은 어떤 영향을 미칠까요?

모리슨   백인 독자와 흑인 독자 모두와 폭넓은 관계를 유지하는 데는 장점이 있습니다. 다양한 작가들의 책이 출간될 수 있는 환경이 마련된다는 점입니다. 시장이 생기면, 독자층이 생기면 출판사가 또 다른 흑인 작가의 글을 사고, 배포하고, 팔 수 있는 확률이 높아집니다. 그게 중요합니다. 전체 시스템을 백인이 좌지우지하고 있다는 사실을 기억해야 합니다. 글에 어떤 영향을 미치느냐는 질문에 대답하자면 영향을 미치지 못합니다. 영향을 미치게끔 내버려둘 수는 있겠지요. 작가는 그게 누가 됐든 구경꾼을 위해 쓰는 일에 저항해야 합니다. 독자만을 위해 글을 쓰는 작가는 알아볼 수 있습니다. 독자층이 좋아하는, 뭐랄까 아기자기한 책을 쓰고 또 쓰기 때문입니다. 진지한 작가는 자신을 움직이게 하는 주제에 대해, 새로운 도전, 새로운 상황, 가본 적이 없는 새로운 지형에 대해 씁니다. 저는 처음부터 소설이 저의 내부에 있는 대상에게 말을 걸도록 했습니다. 내가 원하는 것을 원하는 독자를 위해 쓰기로 했습니다. 그리고 색다른 요구를 하는 사람, 점점 더 많은 요구를 하는 사람도 내가 되기로 했습니다. 그런데 역설적인 사실은 글이 더 구체적일수록, 접근이 더 용이해진다는 사실입니다. 톨스토이는 오하이오주의 유색인종 어린이들을 위해 글을 쓰지 않았습니다. 러시아의 이야기, 특히 상류층의 특정 상황 등에 관한 이야기를 했습니다. 중요한 작가들은 다 그랬습니다. 보편적인 예술이 더 훌륭하다는 은근히 인종차별적인 주장은 철저히 꾸며낸 것입니다. 보편적인 소설을 쓰려고 나서는 사람은 아무것도 쓰지 못합니다. 문화적으로 좀 더 응축된 글은 더 많은 것을 드러낼 수 있습니다. 연결점을 찾게 만들기 때문입니다. 우리 사이에는 차이점보다 연결점이 더 많고 바로 그것이 중요합니다. 문화를 지우면 안 됩니다. 민족적 특성을 지우면 안 됩니다. 무엇보다 유사한 문화, 혹은 지배문화에 말을 걸면 안 됩니다. 할렘르네상스 시기에 나온 작품의 대부분은 백인 독자를 염두에 두고 있습니다. '내가 얼마나 이국적인지 보여주지'라고 말하는 유의 글입니다. 그 목소리가 계속해서 들려요. 워커가 언급한 것이 바로 이 목소리일 수 있습니다. 이 시대에도 여전히 그렇게 하는 작가들이 있습니다. 그건 독자층과는 상관없는 것 같아요. 백인 독자가 흑인 독자보다 많기 때문에 그 독자층을 위해 쓰는 흑인 작가가 있을 수 있겠지만 잘 상상이 안 돼요. 그런 일이 일어나는 곳은 텔레비전방송 분야가 유일해요. 짧은 만화책 같은 것도 그래요. 그렇게 보이지만 사실은 그렇지 않은, 어떤 경계에 걸쳐 있는 작품이죠. 사실상 블랙페이스^{과거 백인 배우들이 흑인으로 분장하고 온갖 부정적인 편견을 체화한 획일적인 인물을 연기했던 관행}와 다름 없어요. 분장은 달라졌지만 실상 다르지 않아요. 흑인이 흑인을 연기하는 거예요. 정말 흥미로운 점은 수많은 여성작가가 남성 독자를 염두에 두고 책을 쓴다는 사실이에요. 남자에 목맨다고 느껴질 때가 있어요. 남성 인물이 지나치게 크게 우뚝 서 있을 때가 있어요. 이게 뭐지? 찬양이 열렬하게 이어질수록 중요한 남자였음을 알게 되죠. 그 자그마한 인물에게 쓰기에는 총이 너무 큰 것은 아닐까? 개틀링 건이라는 커다란 기관총이 있는데 그런 걸 동원해서 자그마한 남자를 날려버린다거나. 그러면 정말 중요한 남자였구나 싶죠. 총이 너무 큰거예요.

닫힌 문을 열다

미국의 막강한 여성 문인 가운데 한 사람인 토니 모리슨은 소설을 출간할 때마다 상당한 주목을 받습니다. 9월에 출간된 최근작 『빌러비드』는 벌써 3쇄 제작에 들어갔습니다. 베스트셀러 순위의 상위권으로 빠르게 올라가고 있는 것입니다. 이는 지난 16년 동안 출간된 토니 모리슨의 소설 네 편, 『가장 푸른 눈』『술라』『솔로몬의 노래』『타르 베이비』도 마찬가지였습니다. 1981년 『타르 베이비』가 출간되었을 때, 〈뉴스 위크〉는 문학계에서 명성이 높았던 모리슨을 표지 기사의 주인공으로 삼았습니다. 『빌러비드』는 모리슨의 소설로는 두 번째로 '북 오브 더 먼스 클럽Book of the Month Club, 미국의 도서 구독 서비스'의 주요 도서에 선정됐습니다.

『빌러비드』는 탈주 노예 세서의 이야기로, 세서는 자식들이 노예 신분으로 돌아가는 것을 보느니 차라리 아이들을 죽이기로 마음먹습니다.

이 인터뷰는 1987년 미국 공영방송 〈PBS 뉴스아워〉에서 방영되었다. 인터뷰어 샬레인 헌터 골트는 〈뉴욕 타임스〉 취재기자, 〈뉴요커〉 칼럼니스트, PBS 특파원, 내셔널 퍼블릭 라디오NPR 지국장을 역임하면서 피보디상, 에미상, 흑인언론기자협회가 수여하는 1986년 올해의 언론인상 등을 비롯하여 수많은 영예를 누렸다.

BELOVED

A NOVEL

TONI MORRISON

토니 모리슨의 다섯 번째 소설 『빌러비드』

하지만 한 아이의 목숨만을 빼앗는 데 그칩니다. 빌러비드라는 딸이었죠. 한 맺힌 빌러비드의 유령이 돌아오면서 이야기가 전개됩니다. 유령은 엄마와 여동생 덴버가 사는 집에 정착합니다.

헌터 골트 어디서 영감을 받고 이런 주제를 선택하셨나요?

모리슨 19세기에 발행된 신문에서 기사를 읽었어요. 마거릿 가너라는 여성에 대한 기사였는데 이 여성도 실제로 아이를 죽였고 또 죽이려고 했어요. 탈주 노예였는데 아이들을 노예상태로 되돌려놓으니 모두 영원한 망각의 장소로 보내기로 결심한 거죠. 아주아주 오랫동안 기사가 머리에서 떠나지 않았어요. 소설로 쓸 만한 아주 특별한 생각을 담고 있는 것 같았어요. 바로 양육에 대한 강박, 아이를 책임지려는 험악할 정도로 치열한 마음이 그것이었죠. 그뿐만 아니라 분리된, 완성된 개인으로서 존재하려는 노력에 깃든 어떤 긴장에 대한 이야기이기도 했어요.

헌터 골트 가너에게 그럴 권리가 없었다고 말씀하신 적이 있는데, 저라도 똑같이 행동했을 것 같거든요…….

모리슨 정당한 권리는 없었지만 그럼에도 정당한 일이었지요. (웃음) 그 여성이 무얼 요구했는지 전 알 것 같았어요. 그 여성은…… 부모가 아니었어요. 아이를 낳을 수는 있었어요. 사람들은 아이를 낳으라고 강요하기까지 했어요. 하지만 엄마가 될 수는 없었는데 아이들의 미래에 대해 어떤 결정도 내릴 수 없었기 때문이죠. 어디로 보낼지 마음대로 결정할 수 없었고 심지어 이름조차 지을 수 없었어요. 그래서 여러 가지 방법으로 인권을 빼앗겼지만 무엇보다도 그 역할을…… 역사적으로…… 아니, 역사와도 상관없죠. 여성들이 태초부터 해왔던 역할을 빼앗긴 거예요. 그래서 가녀는 요구할 권리가 없는 것을 요구했고 그것은 바로 자녀라는 재산이었어요. 아이들의 미래를 결정할 뿐만 아니라 마감하겠다는 지극히 최종적인 요구였던 것이죠. 아이들의 삶이, 아이들의 미래가 어떠했을지 아는 사람에게 그 결심은 납득하기가 그다지 어렵지 않아요.

헌터 골트　　노예제도에 관한 기존의 기록이 단순화되었다는 말씀을 많이 하셨죠. 인물의 내면을 충분히 탐구하지 않는다고요. 인물의 내면을 탐구하는 일이 어렵지 않으셨나요? 아무리 같은 흑인이라도요. 아주 오래된 옛일이기도 하고요.

모리슨　　맞아요. 제가 기존의 기록에 실망한 것은 이것이 아주 방대한 주제였기 때문이에요. 또 다른 심각한 문제는 노예제도가 매우 복잡하고, 거대하고, 기간이 길었으며 유례가 없었다는 것이죠. 그래서 노예제도 자체를 이야기, 줄거리로 삼을 수도 있어요. 우리 모두가 잘 아는 이야기이고 뻔한 이야기예요. 그러면 최악의 실수를 범하게 됩니다. 사람이 아니라 제도를 중심에 두는 실수죠. 반면 인물에 집중하고 인물의 내면에 집중하면 권위를 노예들의 손에 다시금 쥐여주는 것과 같죠. 노예 주인이 아니라요.

헌터 골트　유령을 등장시킨 이유는 무엇인가요?

모리슨　무엇보다도 세서의 과거, 추억, 세서를 괴롭히는 기억이 추상적이지 않기를 원했어요. 세서가 자신이 회피하고자 했던 것들과 식탁에 마주 앉은 채 설명을 해주면 좋겠다고 생각했습니다. 세서가 과거를, 과거에 벌어진 이 끔찍한 사건을 직시하면 좋겠다고 생각했습니다. 과거란 그런 것이라고 말하는 저만의 방법이기도 했습니다. 과거는 살아 있는 것이죠. 우리 자신은 우리의 개인적인 역사, 인종의 역사, 국가의 역사로부터 때로는 멀어질 수 있습니다. 하지만 그런 역사를 사람으로 만들면 피할 수 없는 갈등이 빚어지죠. 또 다른 이유는 산 사람과 죽은 사람 간에 매우 밀접한 관계가 있다고 여기는 흑인 문화가 있었기 때문입니다. 오늘날에는 그런 걸 무시하는 분위기지만 그 당시 사람들은 무시하지 않았어요.

제 인물은 현실보다 커다랗지 않아요.
현실만큼 커다란 인물들이죠.
현실은 굉장히 거대하거든요.

헌터 골트　이 책 『빌러비드』에 대한 부정적인 평가는 거의 없다시피 합니다. 찬사뿐입니다. 하지만 비평가들이 이 책과 세서라는 인물에 대해서, 그리고 선생님의 다른 작품에 대해서 공통적으로 하는 말이 있다면 현실보다 과장된 인물을 그린다는 평이 거든요. 혹시 이런 평이 불편하시지는 않나요? 아니면 비판 이라고 생각지도 않는 편이신지요?

모리슨 불편할 때도 있었어요. 하지만 깨달은 게 있다면 그런 말은 결국 삶이 사소하다는 뜻이거든요. 제 인물은 현실보다 커다 랗지 않아요. 현실만큼 커다란 인물들이죠. 현실은 굉장히 거 대하거든요. 요즘에는 점점 더 작게 자르는 경향이 있을 뿐이 에요. 어디에 맞추려는 건지 모르지만. 헤드라인이나 좁은 안 방에 맞추려는 걸까요?

헌터 골트 오늘날의 독자들이 삶을 축소된 시각으로 본다고 생각하 세요?

모리슨 독자들은 그렇지 않지만 작가들이 점점 더 작게 만들고 있 어요.

헌터 골트 왜 그럴까요? 텔레비전 때문일까요?

모리슨 그럴 수도 있습니다. 화면에 맞게, 짧은 기사로 잘라내야 하 죠. 소설 속에서 복잡한 시대를 살아가는 복잡한 인물의 삶을 곱씹는 일은 유행에 뒤떨어지죠. 요즘 지형은 더 짧고 더 작 고 더 비좁아요. 역사나 전기에서는 크게 그려낼 수 있어도 요즘 세상에서는 그럴 수 없어요.

헌터 골트 여러 해 전에, 아니 그렇게 오래전은 아니고 1970년대 랜덤하우스 편집자 시절 이렇게 말씀하셨어요. 백인 편집자 혹은 백인 사회가 흑인 작가들의 자학적인 작품을 일종의 오락물처럼 소비하고 있는 것 같다면서 그런 경향에서 벗어난 흑인 작품으로 이루어진 정전正典을 확립하고 싶다고요. 선생님은 개인적으로 목표를 달성하셨나요? 그리고 출판계 전반을 봤을 때 작품들이 좀 더 균형 잡힌 모습을 하고 있나요?

모리슨 약간은요. 아직도 저항은 있습니다. 독자층에 대한 고정관념이 크게 바뀌지 않았기 때문입니다. 사십대에서 육십대 사이, 대도시 근처 교외에 사는 백인, 그러니까 책을 사는 전통적인 유형의 사람에 대한 생각은 그대로입니다. 하지만 그동안 엄청난 독자층이 새로 생겨났는데 바로 흑인 여성들과 백인 여성들이에요. 그게 출간 목록에도 영향을 미쳤습니다. 자학에 대해 언급했을 때는 특정한 작품을 염두에 두고 있기도 했지만 더 중요하게는 출판사들과 출판계 사람들의 관심사에 대해 말하고 싶었어요. 그 사람들은 흑인 작가에게 이렇게 말하고 있는 것 같았어요. "얼마나 화가 났는지 들려주세요. 분노를 보여주세요. 얼마나 끔찍했는지 이야기해주세요." 피해자가 되어 경험한 참상을 노출해달라는 은근한 부추김이 있었고 어떤 작가들은 여기 응했습니다. 하지만 이것은 자기 피를 뽑아 흡혈귀에게 바치는 꼴이었어요. 실제로는 매우 복잡하고 특수한, 생존자의 삶을 묘사할 필요성이 있었는데 말이죠. 과거를 모조리 청산하고 모든 흑인이 영웅적이라고 말해야 한다는 의미가 아닙니다. 한때는 그런 분위기도 있었죠. 하지만 이들은 세상에서 가장 복잡하고 흥미롭고 신비로운 사람들입니다. 그런 사람들의 거대한 무리예요. 그들의 삶이 어떤지 있는 그대로 드러내야 합니다. 단지 노출하거나 가르치려고 해서는 안 됩니다. 백인들의 죄책감, 죄책감을 표출하고자 하는 욕구—한때 그런 욕구가 있었어요—를 위해서 이용당해서도 안 됩니다. 제가 그런 정전의 필요성을 이야기했을 때 제 의도는 이런 것이었어요. 저는 그게 변했으면 했어요. 많은 흑인 여성작가가 그런 면에서 매우 성공적이었습니다. 이제는 전과 달리 스스로 무대를 만들어야겠다는 마음이 간절해진 덕분입니다.

헌터 골트 토니 모리슨이 작가로 성공하면서 편집자로서의 의무에서 점점 멀어지면 앞으로 어떻게 될까요? 미국 문학계에 수많은 새로운 목소리를 소개하는 임무를 맡고 있었던 장본인으로서 말이에요. 누가 그 빈자리를 채울 수 있을까요? 선생님은 거기에 대해서 어떤 감정이세요? (웃음) 말하자면 자식들을 내팽개치는 꼴이잖아요!

모리슨 (웃음) 맞아요. 편집자로서는 내팽개치는 게 맞아요. 하지만 제가 더 유명해질수록, 더 잘 알려질수록 다른 작가들이 성공하기가 더 수월해질 것이라고 확신합니다. 직접 홍보를 하거나, 유럽을 순회하면서 책을 판매하고 강연을 하면서 제가 그 땅을 갈아엎으면 이다음에 올 젊은 사람들은 똑같은 문을 박

차고 나오려고 애쓰지 않아도 될 거예요. 이미 열려 있을 테니까요. 그 사람들은 저보다 무한히 좋은 글을 쓸 거예요. 어느 한 작가 혼자서는 건드릴 수조차 없는 온갖 다양한 것에 대해 쓸 거예요. 그런 글들은 더 강인할 것이고 읽는 맛이 기가 막힐 거예요. 하지만 누구든 그런 글을 쓸 수 있고 읽을 수 있다면 그 이유는 저를 포함한 일고여덟 명의 흑인 여성작가가 이미 존재했기 때문이고 땅을 갈아엎었기 때문이에요.

유령과 그림자

작가 토니 모리슨은 언제나 두 세상에 존재하고 있는 것 같습니다. 하나는 눈에 보이는 세상으로 작가의 주변에 들끓고 있는 세계이며 또 다른 하나는 작가의 소설 속 세계입니다. 이 세계 속의 인물은 낯선 이의 눈에는 보이지 않는 인물의 내면세계를 이야기합니다.

다섯 권의 책에서 모리슨은 수백만 명의 독자를 미국 흑인의 경험 속으로 끌고 들어갑니다. 『가장 푸른 눈』 『술라』 『솔로몬의 노래』 『타르 베이비』 『빌러비드』. 그중 가장 괴로우면서도 아름다운 작품인 『빌러비드』에서 토니 모리슨은 19세기의 노예제도 속으로 손을 뻗었습니다.

모리슨의 글은 수많은 문학상을 수상하기도 했죠. 『솔로몬의 노래』는 1978년 전미도서비평가협회상을, 『빌러비드』는 1988년 퓰리처상을 수상했습니다. 열다섯 개 대학에서 모리슨에게 명예학위를 수여했습니다.

이 인터뷰는 1990년 3월 11일 PBS 〈월드 오브 아이디어〉에서 방영되었다. 인터뷰어인 빌 모이어스는 린든 존슨 대통령의 공보관직을 거친 뒤 〈뉴스 데이〉의 발행인으로 언론인의 길을 가기 시작했다. CBS와 PBS에서 긴 시간 동안 저널리스트로 활동한 모이어스는 에미상을 서른 차례 넘게 수상했고 조지 포크 언론인상을 세 차례, 그 밖에도 피보디 공로상, 월터 크롱카이트 우수 언론인상을 수상했다.

여러 다른 소설가처럼 모리슨 역시 소설 이외의 수단을 통해 생계를 이어갔습니다. 랜덤하우스 출판사의 편집자였고 하워드대학교, 예일대학교, 뉴욕주립대학교 알바니 캠퍼스에서도 강의했습니다. 지금은 프린스턴대학교 인문대에서 강의를 하고 있습니다.

모리슨은 뉴욕공립도서관 이사진의 일원이기도 하며 바로 이 도서관에서 우리는 꾸며낸 픽션의 세계가 어떻게 있는 그대로의 현실과 연결되는지 이야기를 나누었습니다.

모이어스   오늘날 '도심 빈민가'와 그 외 지역 간에는 상당한 격차가 있습니다. 상상 속이든 현실 속이든, 정치에서든 문학에서든 그렇습니다. 솔직히 두 공간은 거의 소통하지 않는다고 봅니다. 만약 오늘날의 도심 빈민가를 그 외 지역 사람들에게 설명한다면 어떤 은유를 사용하시겠습니까? 이 질문을 하는 이유는 『솔로몬의 노래』에서 공감할 수 있는 은유를 제공하셨기 때문입니다. 바로 비행의 은유였죠. 모두가 그야말로 공중으로 떠올라 날아가는 꿈을 꾸었고 함께 공감할 수 있었습니다. 만약 오늘날 도심 빈민가를 그 외 지역 사람들에게 설명하고자 한다면 어떤 은유를 사용하시겠습니까?

모리슨   사랑입니다. 우리는 스스로를 품에 안아야 합니다. 자존감을 느껴야 합니다. 제임스 볼드윈은 이렇게 말한 적이 있습니다. "여러분의 값은 이미 치러져 있습니다. 조상 어른들이 여러분을 위해 이미 희생했습니다. 이미 끝났어요. 더 이상 여러분의 일이 아닙니다. 여러분의 일은 스스로를 사랑하는 것입니다. 이미 가능한 일입니다." 그래서 저는 도심 빈민가에서 타인의 삶에 개입하는 흑인 시민들에게 애정과 존경심을 갖고 있습니다. 도심에 가서 이렇게 말하는 사람들 말이죠. "거기 여자애들 넷, 목요일마다 우리 집으로 와. 밥 같이 먹자. 밥 사줄게." 직장에 다니는 여성들, 타인에게 다가가서 이렇게 친구가 되어주는 여성들이 있더군요.

시카고에 직장이 있는 흑인 남성들 같은 경우에도 점심시간마다 시카고 사우스사이드 놀이터로 가서 아이들과 이야기를 나눈다고 해요. 권위를 내세우려고 가는 게 아니라 그냥 아이들을 더 잘 알기 위해 가는 겁니다. 행정기관이나 복지기관도 필요 없어요. 스스로 기관이 되는 겁니다.

모이어스 선생님이 말씀하시는 사랑은 핏줄을 넘어서는 도덕적 상상력이 불어넣는 사랑이네요.

모리슨 정확해요. 바로 그거예요.

모이어스 그런데 우리가 가진 이미지로 보면, 저도 기자로서 직접 가보기도 했지만, 이런 동네 상당수에서 그게 불가능해 보입니다.

모리슨 부족하지요.

모이어스 중독 문제 때문에 말입니다.

모리슨 네, 참혹합니다. 참혹해요. 아주 참혹합니다. 어떤 곳은 마르 키 드 사드가 상상해낸 악몽 속이 이럴까 싶을 정도입니다. 하지만 아이들은—저는 18세 이하는 다 아이들이라고 합니 다만—그런 사랑에 굶주려 있습니다. 마약은 차마 깨어날 수 없는 잠이에요. 깨어나면 내가 한 일이 기억날지 모르니까요. 모든 길모퉁이에, 맥도날드와 은행 옆에 아이들을 위한 재활 센터가 필요해요. 정말 심각한 문제예요. 치료 대기자 명단이 놀라울 정도예요. 참혹합니다. 정말 참혹해요.

하지만 몇 가지 흥미로운 일도 벌어지고 있어요. 제 가까운 친구가 몇 주 전에 이야기해주었는데 보호소를 찾는 남성들 이, 흑인 남성들이 있다고 해요. 그 남자들은 마약에 중독된 아기들을 안아주는 일을 한다고 합니다. 마약중독자가 낳은 아기들 말이에요. 그 아이들을 안아준대요. 아기에게 어떤 영 향을 미칠 것도 분명하지만 그 남성이 받을 영향을 생각해보 세요. 일부러 시간을 내서 아기를 안아주는 데서 오는 영향 말입니다.

사랑은 살고 싶게 만들어줄 뿐만 아니라
삶을 당당한 것, 당당한 사건으로 만들어줍니다.

모이어스 존 레너드가 이렇게 말한 적이 있어요. "토니 모리슨은 사랑 이 얼음을 깨어가며 찾아든 장소들에 대해서 쓴다." 잠시 사 랑에 대해서 이야기해도 될까요?

모리슨   그럼요.

모이어스   선생님은 사랑이 은유라고 했습니다. 선생님의 소설을 거슬
         러 올라가보면 사랑은 굉장히 다양한 방식과 형태로 나타납
         니다. 무엇보다도 선생님의 소설 속 여성은 사랑을 위해 엄청
         난 일들을 하기도 합니다. 보험금을 받기 위해 다리를 절단하
         는 할머니도 있습니다. 그 보험금으로 집도 사고 아이들을 키
         우는 데 쓰려고요. 탈주 노예를 추적하는 일당에게 붙잡히기
         전에 아이들을 죽여야겠다고 마음먹는 세서도 있습니다. 그
         런 사랑은 어떤 사랑입니까?

모리슨   때로는 매우 격렬한 사랑입니다. 강력한 사랑입니다. 심지어
         왜곡된 사랑이죠. 그들이 너무 극심한 압박을 받고 있었기 때
         문입니다. 내가 원해서 세상에 태어난 게 아니라고 말하는 사
         람도 있지만 그들은 그렇게 생각하지 않았습니다. 저도 그렇
         고요. 우리는 우리의 의지로 여기 있습니다. 우리는 우리의
         의지로 여기 있고 떠나기 전에 존중받을 만한 일, 남을 돌보
         는 일을 해야 한다고 믿고 있습니다. 반드시 그렇게 해야 합
         니다. 누군가를 사랑하는 일, 누군가를 돌보는 일, 타인의 기
         분을 좋게 만드는 일은 아주 흥미롭고 까다로우며 지적으로,
         그리고 도덕적으로 무척 힘든 일입니다.
         한편 이런 생각을 하는 사람은 자신을 희생자의 위치에 놓는
         위험에 빠질 수 있습니다. 내가 아니면 안 된다는 위험한 생
         각을 할 수도 있습니다.

모이어스   폴 디는 세서에게 이렇게 말하지요. "당신의 사랑은 너무 진하다." 선생님이 말씀하시는 것이 이런 것인가요?

모리슨   너무 진하다. 맞아요. 아주 과도한 수준에 이를 수도 있어요.

모이어스   사랑이 너무 진해졌다는 걸 어떻게 알 수 있죠?

모리슨   잘 몰라요. 정말이지, 잘 몰라요. 그게 심각한 문제예요. 우린 멈출 줄을 몰라요. 베이비 석스도 이렇게 묻지요. "넘칠 때는 언제이고 부족할 때는 언제인가?" 이것이 인간의 마음과 영혼의 문제예요. 하지만 시도해봐야 해요. 시도해봐야 합니다. 해야 돼요. 그렇게 하지 않으면 자신이 빈곤해집니다. 마음이 빈곤해져요. 사랑이 없이 산다는 것은 재미도 없고 위험도 없어요. 위험을 무릅쓰지 않는 삶이죠. 사랑은 살고 싶게 만들어줄 뿐만 아니라 삶을 당당한 것, 당당한 사건으로 만들어줍니다.

모이어스   그렇지만 선생님의 소설 속 사랑 이야기를 읽어보면 세상이 사랑을 파멸로 몰아가는 경우가 많다는 생각이 듭니다. 사랑이 세상 때문에 파멸의 운명을 맞게 되는 일 말이죠.

모리슨   저는 이야기 속의 인물들을 벼랑 끝에 세워놓으니까요. 낭떠러지에 가능한 한 가깝게 몰아갑니다. 어떤 재질의 인물들인지 보려는 거죠.

모이어스   『가장 푸른 눈』의 피콜라 브리드러브는 현대문학에서 가장 불쌍한 인물인 것 같습니다. 푸른 눈을 원하는 소녀 말이죠. 소녀를 학대하는 사람은······.

모리슨   전부 다죠.

모이어스   부모뿐 아니라, 이웃에게도 미움받는 못생기고 촌스러운 외톨이. 그리고 마침내 광기에 빠집니다. 하지만 저는, 그 소설을 읽은 지 벌써 몇 년이 지났지만, 아직 그 소녀를 기억합니다.

모리슨   아이는 이른바 주인 서사master narrative에 완전히 굴복한 거죠.

모이어스   어떤 서사요?

모리슨   주인 서사요. 어떤 것이 추한 것, 무가치한 것인지 혐오가 무엇인지 등에 대한 생각 말입니다. 아이는 그 생각을 가족으로부터, 학교에서, 영화에서, 온갖 데서 받아들였습니다.

모이어스   주인 서사가 뭔가요? 인생이라는 것입니까?

모리슨   백인 남성의 인생입니다. 주인 서사는 권력을 가진 사람들이 다른 모든 사람에게 강요하는 사상적 각본입니다. 주인의 이야기, 역사입니다. 특정한 관점을 갖고 있지요. 크리스마스

선물로 받을 수 있는 가장 귀중한 물건이 작고 하얀 인형이라고 생각하는 소녀들이 있다면 바로 주인 서사가 그렇게 말하고 있기 때문입니다. "이것이 예쁘고 사랑스러운 모습이고 넌 그렇지 않다." 그래서 피콜라는 거기 굴복해버립니다. 이야기의 화자를 비롯한 소녀들은 일종의 다리 역할을 하는데 약간 반항심이 있고 좀 당돌한 아이들이죠. 어떤 어른도 믿지 않아요. 피콜라는 가진 게 너무 없어요. 가진 게 전혀 없고 필요한 것이 너무 많기 때문에 완벽한 피해자가 됩니다. 철저한 연민의 대상이 됩니다. 그런 피콜라가 공동체나 사회로 돌아올 방법은 없어요. 학대를 당한 아이로서 피콜라가 할 수 있는 것은 환상 속으로, 광기 속으로 도피하는 것이에요. 우리 정신은 언제나 그런 환상을 만들어내고 있거든요. 우리 스스로 상상해버려요.

모이어스　『빌러비드』의 엘라는 어떻습니까? 엘라는 이렇게 말하죠. "누가 나한테 묻는다면 아무도 사랑하지 말라고 할 거야."

모리슨　"아무도 사랑하지 마." 많이 들어본 말입니다. 아무것도 사랑하지 말고 아껴두라고요. 이 나라가 흑인들에게 저지른 가장 처참한 일은 사랑을 온전히 표현하지 못하도록 한 것입니다. 엘라의 이런 감정은 보수적인 감정입니다. 맨정신으로 살고 싶다면, 내 정신을 붙잡고 싶다면, 아무도 사랑하지 말아라, 상처만 받을 뿐이다. 물론 아프리카계 미국인에게만 국한된 이야기는 아닙니다. 온갖 다양한 사람에게 해당되는 이야기예요. 너무 큰 위험을 무릅써야 합니다. 사람들은 상처받기 싫어하죠. 남겨지고 싶어 하지 않아요. 버려지고 싶어 하지 않습니다. 사랑이 꼭 남에게 주는 선물인 것처럼 이야기합니다. 실은 자신에게 주는 선물인데 말입니다.

모이어스　반면 파일러트 같은 인물도 있어요. 우리 밀드레드 이모 같은 분이에요. 『솔로몬의 노래』에서 파일러트는 이렇게 말합니다. "더 많은 사람을 알았다면 좋았을걸. 그러면 전부 다 사랑해주었을 텐데. 더 많은 사람을 알았다면 더 사랑했을 텐데." 이런 인물도 있습니다. 선생님 인물이 다 어두운 광기에 휘둘리는 건 아니에요.

모리슨　그렇습니다. 하지만 파일러트는 완벽하게 너그럽고 자유로운 여성입니다. 무서움도 모릅니다. 그 무엇도 두려워하지 않아요. 가진 게 많지 않아요. 부양능력은 결코 뛰어나다고 할 수 없어요. 남의 인생을 쥐락펴락하지 않아요. 그렇지만 거의 무한한 사랑을 줄 수 있어요. 자신을 필요로 하는 사람이 있다면 언제나 도움을 줘요. 그리고 자신이 누군지 명확하게, 아주 명확하게 알고 있어요.

모이어스　실제로도 그런 사람을 알고 계세요?

모리슨　예, 우리 집안에요. 제 눈에는 그렇게 보였던 여성들이 있었습니다. 아주 분명하고 아주 든든한 사람들이었습니다. 오늘날 사람들이 무서워하는 신과 죽음 같은 온갖 것과 친밀한 관계를 유지했습니다. 그러기 위한 언어를 구사하는 사람들이 있었어요. 글쎄요, 축복받은 사람들이었다고나 할까요. 아무튼 무서운 게 없어 보였습니다. 그래서 오늘 같은 질문을 받을 때마다, 요즘 일어나는 것들이 왜 죄다 끔찍한 일뿐이고 죄다 헛수고인지 누군가 물어올 때마다 바로 이런 분들에게 엄청난 책임감을 느낍니다. 우리 증조할머니, 그리고 그 딸, 그 딸의 딸, 그 모든 여성 말입니다. 믿을 수 없는 일들을 겪은 분들이거든요. 그분들은 코앞의 미래도 알지 못했어요. 그럼에도 자신의 품위를 믿었고 스스로 가치 있는 사람이라고 생각했으며 그걸 물려주어야 한다고 생각했습니다. 그리고 그렇게 했습니다. 그래서 이런, 말하자면 사소한 20세기적인 문제들과 마주할 때…….

모이어스   말하자면 사소한 20세기적인 문제라고 하셨나요? 그중에 한 가지 문제는 아주 흥미롭게 그려내셨어요. 정체성의 갈등을 겪는 넬과 술라.

모리슨   술라, 그렇죠.

모이어스   넬은 공동체에 헌신합니다. 공동체가 주는 안정, 위로, 화합을 필요로 합니다. 그런데 술라가 나타나죠. 술라는 말씀하셨듯이…….

모리슨   파괴적이죠.

모이어스 술라는 저 멀리 나아가 있어요. 독립적이고 자기 안에 틀어박
         혀 있지 않고 틀어박을 수도 없다고 하셨습니다. 선생님은 술
         라를 신흑인 여성, 새로운 세계의 흑인 여성이라고 부릅니다.

모리슨   그렇죠, 새로운 세계.

모이어스 왜죠?

모리슨   실험적인 인물이니까요. 일종의 무법자예요. 더 이상 참지 않
         아요. 술라는 자신의 상상력에 열려 있어요. 자신의 상상력에
         응하는 사람이에요. 다른 사람들의 이야기, 다른 사람들이 내
         린 정의는 받아들이지 않아요. 술라가 흥미로운 건 우리로 하
         여금 우리 자신을 정의 내리도록 하기 때문이에요. 이렇게 저
         는 여성성의 두 줄기를 그려보았습니다. 하나는 남을 돌볼 줄
         알고 또 거기 의지하지만 새로운 세계에 대한 상상력이 없는
         흑인 공동체 여성이고 다른 하나는 술라입니다. 술라에게는
         다른 뿌리가 없습니다. 성장의 바탕으로 삼을 씨앗이 없습니
         다. 이 둘은 서로가 필요하다는 게 제 생각입니다. 새로운 세
         계의 흑인 여성은 약간 구세계적인 흑인 여성이 필요하고 반
         대도 마찬가지입니다. 서로가 없으면 완전하게 채워지지 못
         한다고 생각해요. 가장 이상적인 상황은 술라가 의무를 다하
         고 스스로 책임을 지는 것이지만 그와 동시에 어떤 멋을 간직

하는 거예요. 저는 양자택일의 각본을 좋아하지 않아요. 이건 괜찮지만 저건 안 된다 같은 것 말이에요. 여성적 지능을 발휘하면 두 가지, 혹은 세 가지를 다 할 수 있다고 보는 흥미로운 관점이 생깁니다. 인격이란 좀 더 유연하고 수용적입니다. 경계는 사실 그렇게 엄격하게 그어져 있지 않아요. 이런 것이 바로 모더니즘의 일부분이라고 생각합니다.

모이어스　　새로운 인물상의 창조로군요. 넬처럼 남을 돌보고 보살피면서…….

모리슨　　그렇죠, 의지할 수 있는 사람.

모이어스　　하지만 술라처럼 주인 서사에 저항하는 사람. 술라는 누가 자신의 각본을 대신 쓰도록 내버려두지 않잖아요. 자기만의 규칙을 쓰고 또 거기 저항하죠.

모리슨　　정확합니다.

모이어스　　그 둘에서 어떤 조합을 기대하게 된다는 거죠?

모리슨　　그래요. 그런 일이 종종 있어요. 그렇게 보이는 여성을 꽤 본 것 같아요. 이 프로그램에서도 그런 여성을 종종 조명했지요. 매우 독립적이고 강한 여성들, 예술가들, 흑인 여성들 말입니다. 그런 동시에 요리도 하고 바느질도 하고 남을 돌볼 줄 알고 보살필 줄 아는 그런 사람. 흑인 여성은 그러기 아주 좋은 위치에 있지 않나 생각합니다. 이미 살림을 하면서 다른 집 아이들까지 돌보고 직업도 두 개에, 모든 사람의 말에 귀를 기울이죠. 그러는 동시에 창작하고 노래하고 품어주고 낳아주고 물려주죠. 문화를, 대대로요. 우리는 400년 동안 물 위를 걸어왔어요. 그러는 중에 20세기가 도래합니다. 『타르 베이비』의 제이딘처럼 그걸 다 버리고 떠나 완전히 서구식으로, 유럽식으로 자길 바꿀 필요는 없어요. 그뿐만 아니라 숙모 온딘처럼 살 필요도 없어요. 그 중간도 있어요. 그 중간에도 무엇이, 정말 매력적이고 도전할 만한 무엇이 있죠. 두 세계가 하나로 합쳐지는 기분을 느낄 수 있는 곳, 그 공간은 아프리카계 미국인 여성이 머물기에 적합한 장소예요.

모이어스   이렇게 창조해낸 여성들로부터 배우는 것도 있나요?

모리슨   그럼요. 저에게 이 모든 소설은 질문이에요. 그러니까, 모르는 게 있기 때문에 쓰는 거예요. 시작은 그렇습니다. 어떤 느낌인지 알고 싶어요. 가령 피부색의 문제에 대해서. 『가장 푸른 눈』에서는 정말 그렇게 하찮은 존재가 된 기분은 어떤 것인지 알고 싶었어요. 『술라』와 『솔로몬의 노래』도 그렇고, 다 그렇습니다. 내가 이해하지 못하고 있는 것이 있지 않을까? 정말 몰랐어요. 서로를 정말 사랑하지만 문화적으로 다른 두 연인은 어떤 문제를 안고 있을까? 『타르 베이비』에서 선과 제이딘이 서로에게 말을 걸 수 없을 때 과연 그것이 문화 싸움인지 계급 싸움인지 궁금했어요. 둘 다 어느 정도 맞아요. 하지만 어느 쪽도 양보하지 않아요. 어느 쪽도 "그래, 이것만 큼은 네가 맞다"라고 하지 않아요. 두 사람은 과연 어떤 깨달음을 얻게 될까? 어떻게 이런 상황에서 상대를 사랑할 수 있을까? 문화, 계급, 교육이 그토록 다르다면? 어디서 접점을 찾을 수 있을까? 그리고 그 책을 쓰는 내내 저는 두 사람이 이루어지길 간절히 원했거든요. 결국 결혼해서 해변으로 가기를 원했어요.

모이어스   그렇지만…….

모리슨   가지 못했죠. 그러려면 또 다른 깨달음을 얻어야 했던 것 같아요. 『빌러비드』를 쓸 때는 진지하게 모성에 관해 생각하기 시작했어요. 요즘 시대에 엄마라는 역할은 여성의 전부를 요구하지 않아요. 부차적인 역할일 수도 있고 선택하지 않을 수도 있어요. 그럼에도 엄마가 되어 겪는 일은 굉장히 귀중한 어떤 것이에요. 저는 아이를 갖고 나서 가장 완전한 해방을 경험했어요.

모이어스   해방이요?

모리슨   그럼요.

모이어스   흔히 내가 주고 싶은 사랑에 그 즉시 포로가 된다고 하지 않나요? 그 사랑에, 그 어린아이들과 아이들의 인생에 볼모가 된다고 말이죠. 과거에 백인과 흑인이 서로를 규정했듯이 아이들이 규정한다고요. 아이들이 제약이라는 생각이 흔합니다. 그런데 해방이라니요.

모리슨　해방이에요. 아이들의 요구는 보통의 타자가 요구하는 것과 다르기 때문입니다. 아이들은 그 누구도 나에게 요구한 적 없는 것들을 요구했어요.

모이어스　예를 든다면요?

모리슨　살림을 잘 꾸리고 유머 감각을 유지해야 했고 누군가에게 쓸모 있는 일을 해야 했어요. 게다가 아이들의 관심사는 다른 사람들과는 전혀 달랐어요. 예를 들자면 내가 무얼 입고 있는지, 내가 관능적인지, 그런 문제는 전혀 상관없었어요. 아이들 눈을 보신 적 있잖아요. 아이들은 그런 소릴 듣고 싶어 하지 않아요. 아이들이 궁금해하는 것은, 지금, 오늘 뭘 할 것인지예요. 게다가 무엇이 귀중한지 따지며 한 개인으로서 내가 짊어져야 했던 모든 짐이 사라졌어요. 저는 그냥 제가 될 수 있었어요. 그게 무엇이든. 심지어 타인이 그걸 원하고 있었어요. 딸로 사는 인생하고는 달라요. 자매로 사는 인생하고도 달라요. 아이들에게 귀를 기울일 수 있고 아이들을 바라볼 수 있어요. 아이들의 요구는 들어줄 수 있어요. 들어줄 수 없지 않아요. 게다가 아이들은 넘치는 사랑을 원하지도 않아요. 그건 그냥 엄마의 허영심일 뿐이에요. 아이들에게 귀를 기울이면 짐을 내려놓을 수 있고 허영심이든 뭐든 버릴 수 있어요. 그리고 더 나은 나의 모습, 내가 좋아하는 모습이 될 수 있어요. 내 안에 있던 사람, 내가 가장 좋아하는 사람은 우리 아이들이 원하는 모습을 하고 있었어요. 아이들이 방에 들어오면 아이들을 보고 얼굴을 찌푸리며 "양말 내려갔네, 올려 신어" 하는 사람인가요? 아니면 아이들의 존재만으로 충분한 사람인가요? 아시잖아요. 그뿐만 아니라 세상을 다시 아이들의 눈으로 볼 수 있게 되죠. 그리고 그 눈은 내 눈이기도 해요. 저는 그게 정말 놀라웠어요. 물리적인 제약이 있는 건 사실이죠. 어디 갈 수는 없어요. 곁에 있어야 해요.

모이어스   두 자녀를 직접 키우셨죠?

모리슨   네.

모이어스   배우자의 도움이 있었다면 더 좋았을까요?

모리슨   네. 같이 고민해줄 수 있는 누군가라면 좋았겠죠. 네, 그럼 좋았을 것 같아요. 많을수록 좋지요. 전 도움이 많이 필요했어요.

모이어스   모성과 사랑을 통한 해방에 관해 듣다 보니 아들을 죽이려고 했던 세서가 더 믿을 수 없다고 느껴지는데요.

토니 모리슨과 두 아들, 포드 모리슨(중앙)과 슬레이드 모리슨(오른쪽)

모리슨   그렇죠.

모이어스   노예를 추적하는 일당에 납치를 당하는 걸 보느니 죽이려고 했지요. 상상력을 한껏 동원해서 극적인 상황을 연출한 건가요? 아니면 과거를 조사하다 보니 그런 일을 했던 어머니들을 발견한 건가요?

모리슨   그 이야기는 마거릿 가너의 이야기입니다. 신시내티에 마거릿 가너라는 여성이 살았는데 켄터키주에서 탈주한 노예였습니다. 시어머니와 신시내티로 도망을 온 건데 상황은 좀 달랐습니다. 함께 탈주한 사람이 네 명 더 있었던 것 같아요. 신시내티에 도착하자마자 가너를 소유했던 주인이 가너를 찾아냈습니다. 가너는 창고로 뛰어들어 가 다짜고짜 아이들 모두를 죽이려고 했어요. 한 아이의 머리를 벽에 처박으려는 순간 제지당했습니다. 그러자 노예제도를 폐지하자고 주장하던 세력은 가너의 사건을 널리 알렸습니다. 폐지론에 힘을 싣기 위해 가너를 살인죄로 재판에 넘기려고 했습니다. 살인죄로 기소가 된다면 아주 큰 성과를 얻는 것이라고 생각했거든요. 왜냐하면 그것은 가너에게 자녀를 돌볼 의무가 있다는 가정을 전제로 하기 때문입니다. 하지만 폐지론자들은 성공하지 못했어요. 가너의 실제 죄목은 절도였습니다. 주인의 재산을 훔친 죄로 재판에 부쳐져서 유죄판결을 받았고 그 주인에게 돌아가야 했습니다.

저는 가너의 이야기에 대해 자세히 알려고 하지는 않았습니다. 그러면 제가 창작할 여지가 줄어드니까요. 하지만 제게 충격을 주었던 사실은 인터뷰를 통해 본 가너가 미치광이 살인자의 모습이 아니었다는 점입니다. 가너는 아주 침착한 이십대 여성이었어요. 그리고 이 말만 반복했어요. "아이들은 그렇게 살게 할 수 없어요. 그렇게 살게 할 수 없어요." 설교자이기도 했던 그 시어머니는 이렇게 말했죠. "나는 며느리가 한 짓을 다 봤어요. 말리지도 부추기지도 않았어요." 그래서 이들에게는 딜레마가 있었어요. 진정한 딜레마였죠. 내게 무엇보다 소중한 내 아이들이 내가 살았던 대로 살도록, 끔찍하게 살도록 둘 것인가, 아니면 아이들을 보내줄 것인가? 결국 아이들을 죽이고 자살하기로 결심했어요. 이것은 고귀한 행위였어요. 정체성을 확립하는 행위였지요. "나는 인간이다. 이 아이들은 내 아이들이다. 이것이 내가 쓰는 각본이다." 이렇게 말한 거예요.

모이어스   혹시 선생님도 이 여성의 입장이 되어서…….

모리슨   책을 쓰면서 그렇게 했죠.

모이어스   자문하셨는지요? 나라면 자녀에게 그렇게 할 수 있었을까?

모리슨   여러 번 물었지요. 사실 빌러비드라는 인물이 등장하는 것도 제가 답을 하지 못했기 때문입니다. 저는 베이비 석스와 똑같은 생각이었어요. 나라면 그걸 할 수 있을지 없을지 모르겠더라고요. 노예제도 그리고 홀로코스트 상황에서 벌어진 비슷한 사건들에 대한 이야기가 많습니다. 여자들이 재빨리, 아주 순식간에 판단을 내려야 했던 상황 말입니다. 그래서 엄마에게 어떻게 그럴 수 있었냐고 물을 수 있는 권한을 가진 사람은 엄마가 죽인 자식이 유일하다고 생각했어요.

모이어스　　자식이군요.

모리슨　　자식은 이렇게 물을 수 있겠죠. "왜 그렇게 했어? 누굴 위해서 그런 거야? 이편이 더 낫다고? 엄마가 뭘 알아?" 왜냐하면 저한테는 결코 내릴 수 없는 결정이거든요. 누군가 이걸 한마디로 설명한 적이 있는데 꽤 유용했어요. 옳은 결정이었지만 그걸 결정할 권한은 없었다.

모이어스　　선생님은 결국 답변을 못 하신 거군요? "나라면 그렇게 할 수 있었을까?"

모리슨　　질문은 던졌지만 모르겠습니다.

모이어스　　미시간대학교 강연에서 말씀하셨습니다. 문학에서 '백인'과 '인종'에 대해 논할 수 있다는 사실에 매우 큰 안도감을 느끼신다고요.

모리슨　　왜냐하면 우리는 백인, 흑인, 혹은 소수민족이라고 말하는 대신 그걸 뜻하는 다른 언어를 발전시켜왔고 그 언어는 아직도 어느 정도 권력을 갖고 있기 때문이에요. 그래서 엄청난 혼란이 빚어지곤 했죠. 백인, 흑인, 인종이라는 말을 할 수 없으면 한 나라의 문학에 대해 이해하기도 어렵습니다. 그 강연에서 저는 아프리카니즘Africanism 학자들이 쌓아온 연구로 하여금 마침내 우리는, 가령 허먼 멜빌을 명확하게 볼 수 있게 되었다, 에드거 앨런 포를, 윌라 캐더를 제대로 볼 수 있게 되었다, 라고 말하고 싶었습니다. 건국 당시, 그리고 20세기 미국 작가들에게 영향을 끼치고 있던 실재적인 문제들에 대해 이제 더욱 명확하게 볼 수 있게 되었습니다. 이제 말할 수 있기 때문에 앞뒤가 맞지 않는 주장도 없어졌습니다. 그걸 본성이라고 할 필요도 없고 급진적, 정치적이라고 할 필요도 없어졌습니다. 있는 그대로 말할 수 있고 그건 다행입니다.

침묵은 아주 중요했습니다.
흑인의 침묵 말입니다.

모이어스   공적 담론에 차고 넘치는 인종과 백인, 흑인이라는 말들을 "마침내 문학에서 다룰 수 있게 되어 다행이다"라고 하시니 좀 놀랍습니다. 그동안 우리의 이야기와 소설의 전통을 논할 때 그런 것들이 언급되지 않았다는 말씀입니까?

모리슨   전혀요. 앞서 말한 작품을 다루는 비평에도, 담론에도, 서평에도, 학문적 연구에도 언급되지 않았습니다. 논의의 주제가 되지 못했어요. 논의할 가치가 없다고 여겨졌습니다. 그뿐만 아니라 주인 서사가 이 모든 걸 설명할 수 없다는 사실을 인정하면서도 그랬어요. 침묵은 아주 중요했습니다. 흑인의 침묵 말입니다.

모이어스   침묵이라고 하면 흑인의 목소리가 들리지 않았다는 말인가요?

모리슨   흑인의 존재가 들리지 않았을 뿐만 아니라 텍스트에서도 흑인들은 말하지 않습니다. 말이 허락되지 않아요. 그래서 학계도 역사도 텍스트, 예술, 문학 담론의 중심에 흑인을 세우지 못했습니다. 하지만 공적 담론에서 우리가 지역공동체나 정책, 교육, 복지 등을 이야기할 때에 정말 중요한 주제는 인종 혹은 계급이거든요. 그게 핵심입니다. 취약하다거나 개발이나 개선을 요한다고 완곡하게 표현하지만 결국 이 나라에서 빈곤층, 흑인, 유색인종 가운데 하나에 속하거나 모두에 속하는 사람들에 대한 담론이거든요. 이것이 거의 모든 정치 담론의 주제이지만 예술계에서는 제외되어왔습니다. 서구 세계 속 흑인의 모습을 담은 멋진 미술 작품집이 있지만 사람들은, 예를 들면 윌리엄 호가스가 그토록 많은 흑인을 그렸다는 사실을 잘 모릅니다. 흑인이 재현되는 방식의 중요성이라든가 그 변화에 대해서 사람들은 생각하지 않습니다. 도처에 있는데도요. 특히 이 나라는 흑인의 존재로 차고 넘칩니다. 그럼에도 문학비평에서는 그 존재를 부정하는 언어로 논의해야 했습니다. 대학원에서 저도 남들처럼 그 많은 책을 다 읽었습니다. 그렇지만 우리는 정말 무슨 일이 벌어지고 있는지 이야기하지 않았습니다. 허클베리 핀과 짐에 대해 이야기할 때 이런, 어떤 급진적인 아이의 순수함이 얼마나 멋진지, 말하자면 미국인의 모범으로 성장하는 그 아이의 관용에 대해서⋯⋯.

모이어스　　백인 미국인의 모범이죠.

모리슨　　백인 미국인이죠. 백인 남성은 어떻게 만들어지는지에 관한 이야기니까요. 하지만 허클베리 핀에게는 그를 위해 봉사하는 흑인 남자 어른이 있어요. 이 사람은 책에서 한 번도 사람으로 불리지 않아요화자는 짐을 매번 남자나 사람이 아닌 깜둥이(nigger)라고 칭한다. 단지 허클베리 핀이 도덕적인 사람이 되어갈 수 있는 전장, 혹은 경기장을 제공해줄 뿐이에요. 허클베리 핀이 도덕적인 인물로 성장할 수 있는 이유는 한 번도 사람이라고 불리지 않는 이 흑인 남성과 교류하기 때문이에요. 하지만 마크 트웨인은 짐에게 아내가 있고 아이가 있으며 집으로 돌아가려고 한다는 사실이 밝혀지는 아주 놀라운 장면을 삽입했고 그건 인정해줘야 해요. 허클베리 핀은 서부로 가려고 하고 짐은 집으로 가려고 하고 있어요. 그리고 이런 사소하지만 끔찍한 사건도 있었어요. 짐이 딸에게 문을 닫으라고 했는데 딸이 닫지 않았어요. 짐은 다시 한번 말했고 딸은 닫지 않았죠. 짜증이 솟구친 짐은 딸을 때렸고 나중에야 딸이 아프다는 사실을 깨달아요. 뇌수막염인가 그랬죠. 그래서 청력이 손상된 거였죠. 짐은 이 일을 되새겨봅니다. 그리고 허클베리 핀에게 그 이야기를 해주죠. 갑자기 이 사람에게 맥락이 주어지는 겁니다.

모이어스　가족이 있고,

모리슨　가족이 있죠.

모이어스　감정도 있는 사람이죠.

모리슨　감정도 있고요. 허클베리 핀은 흥미롭게도, 이런 사람들도 아이들에 대해 우리와 같은 생각을 하고 있다는 점에 충격을 받습니다. 새로운 깨달음인 거죠.

모이어스　아까 인터뷰에 앞서 말씀하셨지만 영화 〈글로리미국 남북전쟁 당시 자원한 흑인들로 이루어진 보병 연대에 관한 1989년 작품〉에서 흑인 병사들에게 가족이 있다는 사실이 언급되는 유일한 장면이 급여를 받는 장면 단 하나였다고요.

모리슨　그렇습니다. 병사들은 이렇게 말합니다. "급여를 받아야 해요. 가족이 있다고요." 이 사람들은 자유라는 굉장히 중요한 대의를 위해 싸우고 죽고 목숨을 걸지만 그 맥락은 결코 그려지지 않아요. 아이가 있고 아내, 숙모, 엄마가 있는 사람들로 그려지지 않아요. 가족은 골칫덩어리로만 제시됩니다. 내가 책임져야 하고 나를 책임져주는 존재가 아닙니다. 이것은 가족을 무엇보다 중요하게 여기는 흑인들의 현실과 정반대입니다. 전형적인 흑인에게 가족 이외의 세상은 없거든요.

모이어스   예술가는 우리의 도덕적 상상력을 짊어진다고 하지요. 하지만 1840년대와 1850년대, 남북전쟁이 발발하기 직전, 노예제도와 그 폐지를 주장하는 사람들이 괴로운 갈등을 겪고 있던 시기에 미국 소설가들이 이 문제를 다루지 않았다는 점은 놀랍습니다. 너새니얼 호손은 폐허와 유령, 초자연적인 존재가 나오는 유럽풍 고딕소설을 쓰고 있었고 제임스 페니모어 쿠퍼는 원시림을 배경으로 한 베스트셀러를 집필했죠. 남북전쟁 직전 가장 잘 팔리던 소설은 여성작가들이 겁 없는 고아들에 대해 쓴 감상적인 이야기뿐이었어요. 흑인들은 그 당시의 소설에서 볼 수 없습니다. 이를 어떻게 설명할 수 있을까요?

모리슨   볼 수 있습니다. 흑인이 나옵니다. 도처에 있습니다. 호손이 암흑의 힘을 언급할 때 나옵니다. 모든 음침한 상징 속에 있습니다. 유령의 출몰에 있습니다. 유령은 무엇 때문에 출몰할까요? 어떤 죄의식 때문에? 호손을 평생 괴롭히는 죄의식은 과연 무엇일까요? 거기 다 있습니다.

모이어스   그렇게 생각하세요?

모리슨   페니모어 쿠퍼에게도 있습니다. 저는 그렇게 생각해요. 이야기의 배경을 어디로 삼았는지는 중요하지 않아요. 소설가, 작가는 세계의 주된 흐름에 영향을 받지 않을 수 없습니다. 멜빌에게도 있고 포의 작품에도 도처에 있습니다.

모이어스   그렇지만 흑인들이 등장할 때 맥락이나 가족이 없는…….

모리슨   없죠. 입체적이지 않아요. 그렇지 않죠. 전혀.

모이어스   감정도 없고요.

모리슨   없어요. 흑인 등장인물들은 의심을 받고 조롱을 당하며 거짓말을 하는 사람으로 그려집니다. 하지만 그 인물들이 나타내는 관념에, 즉 무질서, 붕괴, 성적 일탈 등 그들이 두려워했던 모든 부정적인 것을 구현하는 외재적 상징으로서의 인물의 구축에, 흑인들의 존재가 투영되어 있습니다. 그래서 소설 속에 놀라운 공백, 회피, 불안이 자리하게 되는 것입니다. 미국 19세기 문학 속에서 실로 다층적인 흑인이 등장할 가능성은 매우 적었습니다. 가장 근접한 사람이 있다면 멜빌이겠죠. 고전적인 다층성을 지니긴 했지만 피와 살로 이루어진 인물은 아니었습니다.

모이어스   상징이었던 거죠.

모리슨   네, 상징에 가까워요. 다층적인 의미를 지닌 상징.

모이어스   그림자, 동굴 저편 벽에 드리운 그림자 같은.

모리슨   그럼에도 첫 장면부터 그 그림자와 잠자리에 듭니다. 이슈메
일은 퀴퀘그와 한 침대를 쓰지요. 『모비 딕』에 나오는 모든
백인에게는 흑인 형제가 있습니다. 짝이 지어져 있어요. 페달
라는 에이해브의 그림자, 퀴퀘그는 이슈메일의 그림자입니
다. 모든 백인에게 짝이 있고 이야기가 끝날 때까지 힘을 합
칩니다. 그래서 제 말은 현실적인 모습의 반영은 없지만 온정
적인 묘사, 가령 『톰 아저씨의 오두막』에 나오는 그런 묘사에
는 있다는 겁니다. 텍스트에 숨겨진 언외의 정보는 강력해요.
그리고 그 정보는 전부 자기의 반영입니다. 전부 미국 백인
남성의 구성과 관련 있어요.

모이어스   그 긴장이, 그러니까 미국인으로서의 경험에 필연적이지 않
습니까? 처음부터, 필라델피아에서 헌법이 쓰일 때 흑인의
존재가 무시된 순간부터 말입니다.

모리슨   맞아요.

모이어스   끊임없이, 선생님의 말을 빌리면 입에 담지 않은…….

모리슨   차마 못 할 말.

모이어스   입에 담지 않은 차마 못 할 말. 우리는 늘 타자를 통해서 우리

를 정의 내리고 있으니까요.

모리슨   맞습니다.

모이어스   꼭 입에 담지 않아도 마음속 깊은 곳에서 갈등이 벌어지고 있
         는 거죠.

모리슨   맞습니다.

모이어스   타자를 보면서도 보지 않으려는.

모리슨   맞습니다. 그런 행위는 정신을 병들게 할 수 있어요. 정말 광
         기예요.

모이어스   어떤 의미에서요?

모리슨   인종차별을 하기 위해 어떤 정신적인 지시를 내려야 하고 인
         종차별의 피해자가 어떤 정신적인 지시를 받는지 생각해보면
         그것은 정말 심신을 쇠약하게 만드는 일이거든요. 막연히 심
         란해지는 정도가 아닙니다. 의학적인 개입이 필요한 수준일
         수 있습니다. 마치…….

모이어스   벗어나기 위해 남북전쟁 수준의 수술이 필요한 거죠.

모리슨   맞습니다. 개인적인 차원에서 생각하면 이렇습니다. 누군가 저한테 이렇게 말한다고 생각해보세요. "이 손은 당신의 손이 아니다. 당신 것이 아니다. 당신 몸에 있지만 당신의 일부가 아니다." 그리고 내가 그걸 받아들인다고 합시다. 그리고 손은 떨어집니다. 퇴화됩니다. 이제 나는 어떻게 해야 할까요? 내 일부가 의심의 여지 없이 잘려나갔어요. 정체政體의 확실한 절단입니다. 알고 보면 인종차별은 그리 오래되지 않았어요. 아주 옛날부터 있었던 것 같지만 천 년쯤 되었을까요? 인류의 나이는 400만 년 정도이고요. 항성이 아니에요.

모이어스   흥미로운 것은 인종차별보다 노예제도가 오래되었다는 것이죠.

모리슨   물론이죠.

모이어스   네.

모리슨   그래서 미국이 딜레마에 빠진 것입니다. 노예제도와 차별이라는 한쌍의 폐해가 있었기 때문입니다. 노예제도에 대해서는 다들 잘 알고 있었다고 봅니다. 대대로 잘 알고 있었습니다. 그러나 우리의 경우 눈에 보이는 타자, 사라질 수 없는, 이른바 들키지 않을 수 없는 타자가 있었습니다. 그가 어디에 있든 그는 노예제도를 상징하고 상기시켰습니다. 노예제도, 타락, 불명예뿐만 아니라 피부색에 의한 연상작용을 부추겼습니다. 그리고 그런 건 쉽게 사라지지 않습니다. 쉽게 사라지지 않아요.

모이어스   문학에도 깊은 영향을 끼쳤다고 하셨고요.

모리슨   그럼요.

모이어스   19세기에 일종의 현실도피적 현상이 있었죠. 재능이 뛰어난 작가들이, 물론 훌륭한 작품을 내놓긴 했습니다. 낭만주의적인 소설들 말이죠, 로맨스 소설이 아니라. 그들이 상상해낸 세상에는 흑인이 없었지요.

모리슨   없었어요. 에덴동산이 있었고 그 에덴동산은 부패에 흔들려서는 안 되는 곳이었어요. 무너져서는 안 되는 곳이었죠. 미국은 모두에게 이런 에덴동산이었습니다. 아름다웠고, 실제로는 그렇지 않았지만, 사람이 살지 않는 곳이라고 여겨졌습니다. 언젠가 버나드 베일린의 글을 읽고 있었는데 거기서는 사람이 살고 있지 않은 넓은 땅, 야만 부족에 둘러싸인 땅을 샀다고 이야기합니다. 미국은 이런, 사람이 살지 않는 땅이었어요.

모이어스   공백 말이죠.

모리슨   맞아요, 공백. 그래서 채워야 했죠. 이주민들은 꿈꾸는 사람들이었어요. 그들이 무엇으로부터 도망치고 있었는지 자꾸만 상기해야 해요.

모이어스   무엇이었는데요?

모리슨   빈곤, 치욕, 감옥, 성매매. 그저 순진한 사무원 같은 사람도 있었지만…… 어떤 사람들은 심지어 자유를 찾으러 온 이들도 아니었어요. 자유를 피해서 온 사람들이었어요. 청교도인들은 지나친 자유가 방종이라고 생각했고 미국에 와서 절제되고 틀에 갇힌 삶을 살고자 했어요.

모든 이민자가 배에서 내리는 순간
'깜둥이'라는 말을 배웠다는 사실은 우연이 아닙니다.

모이어스   조지아주는 오스트레일리아와 마찬가지로, 조지아주 사람들이 들으면 안 좋아하겠지만 역사적 사실만 놓고 보면, 채무자, 전과자, 범죄자 같은 사람들이 자리를 잡고 새로운 인생을 시작할 수 있는 곳이었죠.

모리슨   맞습니다. 그 다양한 사람들이 여기 와서 열심히 살았고 덕분에 노예제도가 궁극적으로 수지 타산이 맞지 않게 되었다고 생각해볼 수도 있습니다. 그렇지만 이들이 미국인이 되기 위해서는 다양한 계급의 사람들, 다양한 국가에서 온, 다양한 언어를 구사하는 사람들이 서로 친밀하다고 느껴야 했습니다. 이탈리아 농부가 독일의 도시인에게, 아일랜드 농부가

라트비아 사람에게 뭐라고 말할 수 있었을까요? 그 사람들은 뭉치지 않는 경향이 있었습니다. 하지만 그들은 하나같이 흑인이 되지 않을 수 있었죠. 그래서 모든 이민자가 배에서 내리는 순간 '깜둥이'라는 말을 배웠다는 사실은 우연이 아닙니다. 이런 방식으로 미국이라는 나라와 하나가 되고 연대하고 단결한 것입니다. 바로 그렇게 경계를 표시한 것입니다.

모이어스　정신적으로 어떤 필요를 충족시키기 위해서였을까요?

모리슨　그 사람들은 겁에 질려 있었으니까요. 저도 그랬을걸요. 낯선 나라에 갔다고 생각해봐요. 거기 친구들이 있을지도 모르지만. 어쨌든 일자리가 필요해요. 돌아갈 수 없는 다리를 건넜어요. 고향에서 어떤 끔찍한 말을 뱉었기 때문인지도 몰라요. 그래서 이민을 가요. 다른 곳으로 갑니다. 자신의 의지가 아닐 수도 있어요. 눈앞에는 혼란이 펼쳐집니다. 그런 혼란과 마주했을 때 우리는 그 혼란에 이름을 붙이거나 침해하거나 해서 어떤 방식으로든 그것을 통제해야 합니다. 그래서 어떤 커다란 관념에 속하고 싶어 합니다. 그리고 금세 어디에 속해야 하는지 깨닫습니다. 사방에 있는 비흑인 집단에 속하기로 합니다. 유용합니다. 쓸모가 있어요. 미국의 여러 세력에게 이것은 경제적으로 쓸모가 있었어요.

모이어스　그건 이해할 수 있지만 작가가 경계를 침범하지 않고 타자를 소설 속으로 끌어들이지 않았다는 사실은 이해가 어렵습니다. 물론 과거를 재단하는 것은 위험하겠지요…….

모리슨   물론 그렇죠.

모이어스   오늘날의 도덕관념과 시각, 통찰은 과거와 다르니까요.

모리슨   20세기는 다르죠. 그래도 적지 않은 작가들이 시도했어요. 월라 캐더는 『사피라와 노예 소녀』를 썼죠. 1938년, 1939년, 1940년경 다소 늦게 쓰기는 했지만요. 실제로는 그 훨씬 전에 작가로서 활발하게 활동했지요. 하지만 이 책은 권력과 시기, 타자화, 그리고 타자로 들어가는 과정에 대해 이야기하려는 진심 어린 시도였어요. 작가는 몸이 아프고 마비된 백인 여주인과 아직 성인이 채 되지 않은 어린 하녀를 대립 구도에 놓습니다. 그러자 여주인은 이 하녀와 자신의 남편 간에 있지도 않은 어떤 비밀 정사를 꾸며내는 방식으로 응합니다. 게다가 친척을 초대해서 하녀를 강간하고 유혹하고 또 파괴하게 합니다. 어려운 책이고 문제적인 책입니다. 그렇지만 이런 쪽으로는 여성작가가 남성작가보다 더 쉽게 시도할 수 있었어요.

모이어스   왜죠?

모리슨   모르겠어요. 여성은 이미 타자화되었기 때문일까요, 아마도.

모이어스   그렇군요.

모리슨　　여성 문학을 보면, 가령 해리엇 비처 스토도 여자였고, 캐더,
　　　　거트루드 스타인도 여자였죠. 카슨 매컬러스를 비롯해서 수
　　　　많은 여성이 시도했어요. 특히 남부 여성들이요. 흥미로운 점
　　　　이에요. 플래너리 오코너도 있고요.

모이어스　　유도라 웰티도 있지요.

모리슨　　유도라 웰티도 있죠. 이건 지나친 일반화이고 오류가 있다고
　　　　판명이 날 수도 있겠지만 제 느낌상 흑인의 다층적인 모습이
　　　　나 백인과 흑인 사이의 문제적인 관계를 제대로 그려내는 작
　　　　품을 쓴 사람은 여성인 경우가 많고 믿을 수 없겠지만 다수가
　　　　남부에 살았던 사람입니다. 전 그게 흥미롭다고 생각합니다.

모이어스　　남부의 정서는 왜 다를까요?

모리슨　　친밀감 때문인 것 같아요.

모이어스　　그런가요?

모리슨　　아시다시피 친밀감과 거리감의 문제는 역사적으로 북부보다
　　　　는 남부에서 더 복잡했어요. 북부에서는 온갖 환상과 착각,
　　　　회피 심리가 있었단 말이죠. 북부에서는 많은 경우 아주 유독
　　　　한 인종차별 뒤에 숨을 수가 있었어요. 그럴 수 있는 구조였
　　　　습니다. 남부에서는 그러기가 거의 불가능했습니다.

모이어스   일부러 어려운 질문을 드리려는 것은 아니지만 방금 떠올랐
         습니다. 무대의 중앙에 흑인이 서지 않는 소설을 선생님은 쓸
         수 있다고 생각하십니까?

모리슨   그럼요.

모이어스   독자들이 가만히 있을까요? 흑인의 삶을 담은 소설로 선생님
         은 명성을 얻었고 문학계에 크게 기여하셨기 때문에 이제는
         흑인에 대해서만 쓰시리라고 기대할 것 같습니다.

모리슨   흑인에 대해서 쓰면서 흑인으로 명명하지 않을 수 있겠죠. 그
         게 차이점입니다.『빌러비드』에서 이런 시도를 두 차례 했습
         니다. 두 사람, 두 흑인이 대화를 하고 있는데 다른 사람들이
         등장합니다. 저는 그 사람들이 흑인이라고도, 백인이라고도
         하지 않습니다. 하지만 독자는 바로 알 수 있습니다. 제가 고
         정관념을 담은 기성 언어를 쓰기 때문은 아닙니다. 폴 디와
         세서가 걸어가는데 저쪽에서 여자 셋이 걸어옵니다. 폴 디는
         세서의 어깨에 손을 얹고 인도에 있던 세서를 길로 내려오게
         합니다. 그게 다입니다. 그렇지만 독자는 알 수 있죠. 또 다
         른 곳에서 폴 디는 뭐랄까 좌절감에 빠진 채 친구와 이야기를
         나누고 있습니다. 그때 한 남자가 말을 타고 다가와 말합니
         다. "그 이름이 뭐더라, 밸러리, 밸러리를 아시오?" 여기에 대
         한 흑인 남자들의 반응을 보면 말을 탄 남자가 백인이라는 것
         을 알 수 있죠. 제가 말할 필요가 없습니다. 제 방식은, 제가

정말 하고 싶으며 하고자 하는 것은 말씀하신 대로 피부색을 말하지 않는 것이지 백인에 대해 쓰는 것은 아닙니다. 흑인에 대해 쓸 것입니다. 하지만 19세기 소설에서 하듯 그렇게 할 필요는 없을 겁니다. 당시에는 언제나 밝혀야 했습니다. '주피터'나 '매리'가 방으로 들어왔다, 라고 말할 수 없었습니다. '깜둥이', '노예', '흑인'이라고 설명했습니다. 언제나 수식어가 필요했던 것이죠. 수식어는 지울 수 있습니다. 윌라 캐더가 '사피라와 낸시'라고 했다면 전혀 다른 책이 됩니다. 전략도, 권력 구도도 달라집니다. 하지만 캐더는 '사피라와 노예소녀'라고 했습니다. 제목에서 소녀는 이름이 없습니다.

모이어스 그 말씀을 들으니 이제 기억이 납니다. 그 당시 소설을 읽을 때 흑인에게는 언제나 수식어가 붙었어요.

모리슨 맞아요.

모이어스 이름이 없고 일반명사가 다였어요.

모리슨 이름이 없었죠.

모이어스 '흑인', '깜둥이', '여자 노예'.

모리슨 맞아요. 그랬어요. 때로는 '나의' 무엇이라고 했어요. 작년에 학생들에게 과제를 내주었어요. 흑인 남성이 나오는데 소유형용사 없이 남자라고 칭하는 19세기 소설을 찾아보라고 했습니다. 흑인 여성과 있을 때는 성별을 구분하기 위해 쓰기도 했으니 그런 경우는 제외했습니다. 흑인 남자라고 칭하는 부분을 단 한 개라도 찾아오면 밥을 사준다고 했습니다.

모이어스   사주셔야 했나요.

모리슨   아직 사줄 일이 없었습니다.

모이어스   없었군요.

모리슨   하지만 제가 그렇게 책을 쓴다면 읽는 사람에 따라 그 의미는 다를 수 있겠지만 어쨌든 인물들의 인종이 무엇인지에 관한 논란의 여지는 없을 겁니다. 여지가 없도록 제가 애써야죠. 그런데 독자에게 인물의 인종을 설명할 필요 없이 책을 쓸 수 있다면 그것이 저와 언어와의 관계, 그리고 텍스트와의 관계에 얼마나 큰 의미를 가질지 생각해보세요. 제가 상상한 인물들이 전부 흑인이든, 아프리카계 미국인이든, 훗날에 우리 같은 사람을 뭐라고 부르든, 그렇게 지칭하지 않아도 되는 세상이 온다면 과연 어떨지.

토니 모리슨의 뉴욕 집에서(1980)

친밀함에 관하여

토니 모리슨의 소호 집에서 작가를 만났다. 모리슨은 내 외투를 받아 걸어주고 마실 것을 건넸다. 우리는 자리를 잡고 앉아 이야기를 시작했다. 그 즉시 집 안을 맴도는 자상함이 느껴졌다. 작가는 들어주는 사람이었다. 모리슨의 일곱 번째 소설 『파라다이스』가 크노프 출판사에서 출간되었고 인터뷰를 하는 동안 계속해서 전화벨이 울리며 아들이, 동생이, 친구가 책이 어떤 평가를 받고 있는지 알려왔다. 서두르지 않고 신중하게 말을 하는 모리슨은 이 모든 것에 태연하게 대처했다. 『파라다이스』는 충격적인 문장으로 시작한다. "그들은 백인 소녀부터 쏜다." 이 소설은 1970년대 오클라호마주 한 작은 마을의 명예를 지키기 위해 흑인 남성 한 무리가 여러 여성을 살해한 사건을 그린다. 남자들은 도덕적 삶을 방해하는 골치 아픈 존재로 여자들을 취급한다. 아주 강렬하고 깊은 울림을 남기는 책으로 모리슨의 가장 훌륭한 작업들과 나란히 세울 만하다.

이 인터뷰는 1998년 2월 3일 〈살롱1995년 설립된 진보성향의 온라인뉴스〉에 게재되었다. 인터뷰어 지아 재프리는 1996년작 『보이지 않는 사람들: 인도 환관의 이야기The Invisibles: A Tales of the Eunuchs of India』의 저자이다.

재프리   서평을 읽으시나요?

모리슨   그럼요.

재프리   〈뉴욕 타임스〉에 실린 미치코 가쿠타니의 『파라다이스』 서평
          이 상당히 부정적이었는데 어떻게 생각하셨어요?

모리슨   이 책이 어떤 책인가, 어떤 의미인가에 관해서는 의견 차이
          가 있으리라고 생각합니다. 어떤 사람들은 특정 관점을 더 선
          호할 수도 있고요. 〈뉴욕 타임스〉의 일간 서평은 이 책에 조
          금도 호의적이지 않았죠. 그런데 더 중요한 것은 잘 못 쓴 글
          이었어요. 호의적이지 못한 서평은 좀 괴롭지만 금방 잊어요.
          형편없이 쓴 서평은 아주아주 모욕적이죠. 그 서평을 쓴 사람
          은 책을 정성 들여 읽지 않았더군요.

재프리   평론가들의 말을 듣지 않는 편이 낫다고 생각지는 않으세요?

모리슨   그럴 수가 없어요.

재프리   뭐라고 하는지 알아야 한다고 생각하세요?

모리슨   어떤 작가들은 서평을 아예 보지 않거나 혹평을 보지 않는 편
          이, 그러니까 걸러 보는 편이 건전한 창작과정을 유지하는 데
          도움이 된다고 생각한다고 해요. 평가가 독이 될 수 있으니까

요. 저는 그런 식의 고립 상태에는 동의하지 않아요. 저는 아프리카계 미국인의 문학이 이 나라에서 어떻게 받아들여지고 있는지, 어떤 평가와 어떤 시선을 받는지에 대해 아주 관심이 많아요. 길고 힘든 싸움이었고 아직도 해야 할 일이 많아요. 특히 여성 소설이 어떤 평가를 받고 어떤 식으로 이해되고 있는지 알고 싶어요. 제일 좋은 방법은 제 글에 대한 서평을 읽는 거예요. 글을 어떻게 써야 하는지 궁금해서 보는 게 아니거든요. 사실 작품과는 아무 상관 없는 이유에서 읽는 거죠. 저는 남의 시선에 따라 작품을 만드는 데 아무 관심이 없습니다. 어떻게 썼어야 하는지, 잘 썼는지 남의 생각은 궁금하지 않습니다. 그래서 저한테 어떤 영향도 없습니다. 하지만 전반적인 반응에는 관심이 아주 많아요. 지금까지 나온 서평에는 아주 신기하고 흥미로운 요소들이 많았습니다.

글의 세계에서 제가 했던 모든 일은
표현을 확장하는 것이지 닫는 것이 아니었습니다.

재프리   『파라다이스』는 '여성주의 소설'이라는 평가를 받았습니다. 동의하십니까?

모리슨   전혀요. 저는 무슨 무슨 '주의'에 대해서는 쓰지 않아요.

재프리   여성주의와 거리를 두시는 이유는 무엇인가요?

모리슨   제 상상력 안에서 가능한 한 자유롭기 위해서입니다. 그래서 닫힌 입장은 취할 수 없어요. 글의 세계에서 제가 했던 모든 일은 표현을 확장하는 것이지 닫는 것이 아니었습니다. 문을 여는 일이었습니다. 심지어 책도 닫지 않았습니다. 결말을 열린 채로 두어 재해석, 재방문, 약간의 모호성을 가능하게 했습니다. 그런 구분을 결코 좋아하지 않습니다. 몹시 싫어합니다. 제가 어떤 여성주의 소논문을 쓰고 있다는 생각이 든다면 일부 독자는 거부감을 가질 것입니다. 저는 가부장제에 동의하지 않지만 그것이 가모장제로 대체되어야 한다고도 생각하지 않습니다. 평등한 접근권의 문제, 온갖 가능성에 문을 열어두는 문제라고 생각합니다.

재프리   책에 여성 인물이 워낙 많이 나오기 때문에 꼬리표를 붙이기가 쉽거든요.

모리슨   그렇습니다만 백인 남성작가에게는 일어나지 않는 일이죠. 솔제니친이 러시아 사람들을 위해서만 글을 쓴다고 아무도 이야기하지 않아요. 왜 저러는 거야? 왜 버몬트주에 대해서 쓰지는 않는 거야? 책에 온통 남자들만 나오고 여성은 부차적인 인물로 소수만 나와도…….

재프리   아무도 신경 쓰지 않지요. 헤밍웨이가 여성을 다루는 방식에는 엄청난 문제가 있지만 다들 눈도 깜짝하지 않죠.

모리슨   눈도 깜짝하지 않아요.

재프리   『파라다이스』의 남성 인물 다수는 심각한 문제를 안고 있어
         요. 혹시 이들 중 엄격한 도덕관념을 가진 인물에게 동질감을
         느끼신 적은 없는지 궁금합니다.

모리슨   도덕적 문제에 대해서 저와 비슷한 정서를 갖고 있는 인물은
         아마도 젊은 미즈너 목사가 아닐까 합니다. 이 목사는 자신이
         믿는 종교의 교리, 민권의 압박, 민권 박탈의 문제 때문에 굉
         장히 힘겨워합니다.

재프리   그리고 젊은 사람들 걱정을 많이 하고요.

모리슨   그렇습니다. 젊은 사람들이 버림을 받았다는 사실 때문에 걱
         정이 컸죠. 젊은 사람들은 앞날에 대해 잔뜩 기대를 품었지만
         갑자기 잠잠해졌거든요. 버림을 받은 겁니다.

재프리   『안나 카레니나』의 레빈과도 비슷합니다.

모리슨   맞아요.

재프리   도덕적인 문제로 고민…….

모리슨   그는 모든 것을 확신하지는 않지만 논의를 시작하고 싶어 하

지요. 끔찍한 일을 하고 싶어 하는데 그게 바로 아이들의 말을 듣는 거예요. 『파라다이스』가 학문적 연구의 대상이 되지 못할 거라는 평가가 두 차례 있었는데 이 소설이 종교라는 주제를 담고 있기 때문이라고 했어요. 학문적으로 중요하지 않은 대상이라는 거죠.

재프리 『파라다이스』가 '어려운' 책이라는 말도 있었습니다.

모리슨 그런 말은 언제나 놀랍습니다. 숨을 쉴 수 없을 정도예요. 이 정도가 '어려운' 글이라는 평가 말입니다. 마치 이런 문제가 지금은 벌어지지 않으며 학계에 있는 사람들이 여기에 대해 이야기하고 싶지 않을 거라는 반응 말입니다.

재프리 광신적 교단이 나오는 돈 드릴로의 『마오 II』에 대해서 그렇게 말하는 사람은 없죠.

모리슨 없어요. 다른 관점에서 보는 것 같아요. 다른 기대, 다른 바람을 가지고 있어요. 흑인문학에 대해서 말이에요.

재프리 이미 알고 있는 사실에 대해 다시 한번 말해주기를 바란다는 말씀일까요?

모리슨 다시 한번 말해주길 바라는 겁니다. '괜찮아. 누구의 잘못도 아니야.' 제가 누구 탓을 한다는 것이 아닙니다. 저는 단지 눈을 똑바로 뜨고 보려는 겁니다. 어떤 일이 벌어졌는지. 어떤 일이 벌어질 수 있었는지. 그것이 오늘날 우리가 사는 모습과 어떤 관계가 있는지. 제게 소설은 언제나 질문을 던지는 일입니다.

재프리 어릴 때 '페미니즘'이라는 말을 들어본 적 있나요? 아니면 여성이기 앞서 흑인이라고 생각했나요?

모리슨 저는 자라면서 흑인과 페미니스트라는 말을 따로 떼어 생각해본 적이 없는 것 같아요. 제 주변에는 아주 강인하고 아주 과감한 흑인 여성이 많았고 그 사람들은 일도 하고 아이도 키우고 살림도 해야 한다고 생각했어요. 딸에게 거는 기대가 엄청나게 많았고 봐주지 않았어요. 저는 그게 페미니스트 활동일 수 있다고 한 번도 생각해본 적이 없어요. 우리 엄마는 그 작은 동네에 막 문을 연 극장에 찾아가서 관람객을 분리하는 정책이 없는지 확인했어요. 흑인을 이쪽에 백인을 저쪽에 앉히면 안 된다고 했죠. 극장이 문을 열자마자 제일 처음 들어가 안내원이 어떤 자리로 안내하는지 확인하고 주위를 돌아본 다음 불만을 접수한 거예요. 엄마는 그런 일을 일상적으로 했어요. 남자들도 마찬가지였어요. 저는 엄마가 세상과 그런 식의 갈등을 빚는 일을 멈추어야 한다고 한 번도 생각해본 적이 없어요. 엄마도 자신이 여자라고 주저하지 않았어요. 엄마는 영화를 보는 아이들이, 흑인 아이들이, 그리고 딸들이, 그리고 아들들이 어떤 일을 겪을지에 관심이 있었던 거죠. 제

곁에는 그렇게 두 가지 역할 모두를 진지하게 수행하는 사람들이 있었어요. 나중에 그런 걸 '페미니즘'적인 행동이라고 했지요. 처음에는 그런 정의를 받아들이기 힘들었어요. 그와 관련해서 글을 몇 개 썼고 『술라』도 썼어요. 이 책은 이론적으로 매우 새로운 주제를 바탕으로 하고 있었죠. 그것은 바로, 여성은 서로 친하게 지내야 한다. 제가 나고 자란 동네에는 언제든 남성보다 여성 친구와의 우정을 선택하는 여성들이 있었어요. 그런 의미에서 정말 '자매'였고요.

재프리 다른 여성작가와 친하게 지내시나요? 그럴 필요가 있다고 생각하시는지요?

모리슨 작가 친구는 거의 없어요. 친한 친구가 작가인 경우는 있지만 정말 특별한 사람들이라서 친하게 지내는 거예요. 그 사람들이 작가라는 사실은 아주 부차적인 요소예요. 흑인 여성의 책이 인기를 얻기 시작하자 아무도 드러내지는 않았지만 모두가 무언의, 어떤 포괄적인 규칙을 말없이 따르는 듯했어요. 결코 서로를 깎아내리는 글을 출간하지 말자. 물론 서로의 작품을 싫어할 자유는 있었어요. 하지만 아무도 '누가 최고인가' 따지지 않았어요. 우리 사이에는 정말 놀랍게도 어떤 경쟁의식도 없었어요. 가끔은 흑인 여성 평론가가 흑인 여성작가를 비판하는 글이 보일 때도 있었지만 그건 대체로 문화비평 분야의 평론이었어요. 우리 쪽은 넓고 평평한 고원이라는 공감이 있었던 거지요.

재프리   선생님 책에 대한 평론이 세월이 지나면서 지적으로 향상되었다고 생각하시나요?

모리슨   그렇게 생각해요. 세월이 흐르면서 훨씬 더 지적이고 더 섬세해졌어요. 예전처럼 게으르지 않아요. 한때 제 책이, 다른 사람들 책도 마찬가지였지만, 사회학적인 서술이라고 여겨진 시대가 있었어요. 이것이 흑인 가정을 바라보는 가장 좋은 시선인가, 아닌가? 〈뉴요커〉 서평이었던 것 같은데 『빌러비드』를 다루면서 빌 코스비의 텔레비전 시리즈를 언급하는 데 많은 부분을 할애했어요. 코스비 가족이 『빌러비드』에 나오는 가정과 비교할 만한 흑인 가정이라고 생각했나 봐요. 정말 역겨웠어요. 그런 생각이……. 한번은 〈뉴욕 리뷰 오브 북스〉가 저를 다른 흑인 작가 두 명과 비교하는 서평을 실었어요. 우리 세 사람은 비슷한 글을 쓰지도 않는데 단지 피부색 때문에 뭉뚱그려진 거죠. 그리고 그 서평 작가는 글을 끝맺으면서 세 사람의 책 중에 무엇이 제일 나은지 썼어요. 그 작가가 고른 작품이 최고의 작품이었을 수도 있지만 그걸 선택한 이유는 그 작품이 흑인의 '진정한' 모습을 더 잘 그렸다는 생각 때문이었지요. 정말 힘 빠지는 일이었어요. 그런 황당한 비하를 겪으면 계속 노력하는 수밖에 없어요.

재프리   앞으로 동성애 문학, 인도 문학, 흑인문학, 흑인 여성 문학 등이 설 자리에 대해 긍정적으로 보십니까?

모리슨   그럼요. 모든 게 변하고 있어요. 시간이 더 걸릴 수는 있겠지요. 독자가 책을 보는 시각은 마케팅에 좌우됩니다. 어떤 아메리카 원주민 작가들은 아메리카 원주민 작가라는 칭호를 좋아해요. 제가 가르치는 학생 중에 아메리카 원주민 학생이 있었는데 저는 그 학생에게 이렇게 말한 적이 있어요. "이 책은 인정받기가 쉽지 않을 거야. 모카신도, 토마호크도 나오지 않으니까." 실제로 그랬어요. 굉장히 힘들었어요. 얼마나 많은 곳에 투고했는지 그 수를 입에 담기도 싫어요. 하지만 결국 책이 출간되어 나왔어요. 첫 소설이었고 아주 좋은 평가를 받았지만 요점은 거절당한 이유에 있어요. 아메리카 원주민을 미국인으로 생각하지 못하는 것이죠.

여자들은 할 수 있는 걸 다 해요.
계획을 세우죠. 시간을 관리하는 법도 터득하고요.
설거지를 할 때 매번 새로 배워야 하는 건 아니거든요.

재프리   프린스턴대학교에서 글쓰기를 가르치시는데요. 글쓰기를 가르치는 게 가능한가요?

모리슨   글쓰기의 일부 면면은 가르칠 수 있어요. 물론 비전이나 재능은 가르칠 수 없죠. 하지만 글쓰기를 편안하게 느끼도록 도울 수는 있어요.

재프리   자신감도요?

모리슨   그건 제가 어떻게 할 수 없어요. 그쪽으로는 저도 아주 무자
        비합니다. 학생들에게 이렇게 말하지요. 이건 꼭 해야 하는
        일이고 어렵다고 징징대도 소용없다고요. 제가 이쪽으로 엄
        격한 이유는 글을 쓰는 사람들은 대부분 엄청난 압박감을 느
        끼며 살거든요. 저도 그렇습니다. 그래서 잘 써지지 않는다고
        징징거리는 것은 말도 안 돼요. 제가 아주 잘할 수 있는 일은
        제가 예전부터 해오던 일, 편집입니다. 학생들의 생각의 흐름
        을 따라갈 수 있고 글이 어디로 향하는지 알 수 있기 때문에
        다른 길을 제안하기도 하죠. 그건 제가 해줄 수 있는 일이고
        잘 해줄 수 있어요. 저는 원고 속으로 파고드는 걸 좋아해요.

재프리   어떻게 편집자, 작가, 엄마로서의 역할을 다 하셨어요?

모리슨   아이들이 어렸을 때 매일 출근하던 시절을 돌아보면 어떻게
        그렇게 했는지 잘 이해가 안 가요. 난 왜 그 모든 것을 한꺼번
        에 하고 있었을까? 아마도 제가 가장이라고 생각했기 때문일
        거예요. 가족을 돌볼 수 있는 독립적인 위치에 저를 세워줄
        일이라면 마다할 수 없었죠. 하지만 글쓰기는 오로지 저를 위
        한 거였어요. 글쓰기는 제가 슬쩍 훔쳤어요. 세상으로부터 슬
        쩍 빼앗아 왔어요.

재프리   그럼 대체 언제 글을 쓰신 거예요?

모리슨   아주아주 이른 아침에요. 애들이 일어나기 전에. 밤에는 일을

잘 못해요. 생산성이 별로예요. 하지만 아주 일찍 일어나는 편이라서 아침에 썼고 주말에도 썼어요. 여름방학에는 애들을 오하이오주에 있는 부모님 댁에 보냈어요. 언니도 거기 살았었고, 우리 가족들이 다 거기 살았었어요. 그래서 여름 내내 글을 쓸 수 있었죠. 그렇게 원고를 완성했어요. 지금 생각하면 좀 제정신이 아니었던 것 같지만 평범한 여자들의 인생을 생각해보면 여러 가지를 한꺼번에 한다는 점에서 다를 게 없어요. 여자들은 할 수 있는 걸 다 해요. 계획을 세우죠. 시간을 관리하는 법도 터득하고요. 설거지를 할 때 매번 새로 배워야 하는 건 아니거든요. 이미 어떻게 해야 하는지 알죠. 그래서 설거지를 하면서 생각도 하는 거예요. 설거지에 온 신경을 쏟을 필요는 없어요. 아니면 지하철에서 생각을 하죠. 저는 만원 지하철 안에서 등장인물에 대해 고민하면서 온갖 소설 속의 문제를 풀어내곤 했어요. 어차피 지하철에서 다른 건 못 해요. 신문을 읽을 수는 있지만 사람도 많고. 그러면 저는 이런 생각을 하죠. 이 인물이 과연 그렇게 할까? 정말 좋은 생각이 떠오를 때도 있어요. 그러면 회사에 도착하자마자 잊지 않도록 적어두었죠. 저는 제 인물들뿐만 아니라 저 자신에게도 아주 풍부한 내면세계를 허락했어요. 항상 머리가 돌아가고 있었거든요. 멍하니 있는 시간이 없었어요. 이제 그러지는 않아요. 그래도 하는 일이 적지 않아서 막 놀러 다니지는 않아요.

재프리   로이스는 누구죠? 로이스에게 책을 헌정하셨던데요.

모리슨   우리 언니예요. 방금 전화했던. (웃음)

재프리   크노프의 담당 편집자는 누구인가요?

모리슨   두 사람이에요.

재프리   에롤 맥도널드와 서니 메타인가요?

모리슨   맞아요. 원래 『빌러비드』까지 모든 책을 밥 고틀리브라는 편
         집자와 작업했지요. 그런데 그 편집자가 〈뉴요커〉로 갔어요.
         그래서 새 편집자를 찾아야 했어요. 다들 편집자가 필요 없지
         않느냐고 물었지요. 저는 필요하다고, 제가 편집자였기 때문
         에 훌륭한 편집자의 가치를 안다고 했어요. 단지 이야기 나눌
         사람이라도 있어야 해요. 밥은 그쪽으로 아주 훌륭했어요. 대
         화만 해도 배우는 게 많았어요. 지적이고 재미있는 사람이었
         죠. 저에게 해줄 수 있는 이야기가 많았어요. 원고의 여백에
         의견을 다는 게 다가 아니에요…….

재프리   거시적인 사고에 도움이 되죠?

모리슨   맞아요. 크노프에서는 서니가 밥의 뒤를 이었어요. 서니도 책
         과 출판 쪽으로 매우 똑똑해요. 제가 정말 좋아하죠. 그런데
         서니는 크노프 대표잖아요. 밥 고틀리브도 대표였지만 원고
         편집 작업을 하는 유일한 대표였어요. 교정, 교열 이외의 편

집 작업 말이죠. 서니는 그렇게 하지는 않아요. 그렇게 할 필요가 없지요. 대표가 그렇게 하는 경우는 드물죠. 그렇지만 누군가가…….

재프리   그런 역할을 해주기를 원하셨군요.

모리슨   맞아요. 그래서 그쪽에서 어떤 조합을 원하느냐고 물었어요. 에롤 맥도널드는 판테온 출판사에서 일을 하고 있지만.

재프리   그럼 에롤이 실제 편집자인가요?

모리슨   맞아요. 교정, 교열 이외의 편집 과정을 맡아요. 에롤의 능력에 대해서는 아쉬운 게 전혀 없어요. 정말 능력이 뛰어나요. 안 읽은 책이 없고 연관성을 찾는 데 능해요. 그리고 출판사 내부에서 편집 과정을 총지휘하지요. 표지 작업까지도요. 어떤 천으로 할지, 어떤 종이로 할지, 그런 중요한 결정들 말이에요. 이렇게 두 사람의 편집자와 일하게 됐을 때 『재즈』는 거의 다 끝난 시점이라서 에롤이 많이 개입하지는 않았어요. 하지만 『파라다이스』 같은 경우에는 원고가 100쪽 정도 완성됐을 때 에롤에게 보내서 피드백을 받았어요. 편집 강도는 그때그때 달랐어요. 원고를 보낼 때마다 상황이 달라졌거든요.

재프리   그러면 원고 전체를 편집하신 건가요? 아니면 소설의 경우에는 잘 건드리지 않나요?

모리슨	에롤은 저한테 장문의 아주 흥미로운 편지를 씁니다. 어떤 점이 강점이고 어떤 점이 유효한지, 무엇이 우려스럽고, 어떤 것이 특히 과하다고 느껴지는지 편지에 씁니다. 작가가 듣고 싶어 하는 게 이런 거죠.
재프리	〈뉴욕 타임스〉에서 읽은 기억이 나는데 『파라다이스』의 경우 아직 남은 작업이 있다는 사실을 깨달으셨다고요.
모리슨	제가 쓴 책들에 대해서는 다 그런 생각을 해요. 몇 년이 지난 후에 다시 읽거나 대중을 상대로 낭독을 하면…….
재프리	'저렇게 쓸걸…….'
모리슨	아니면 '이건 이렇게 하지 말걸', '이 부분은 좀……' 끝이 없지요.
재프리	『파라다이스』는 개인적으로 어떤 점이…….
모리슨	어떤 점이 아쉽냐고요? 퍼트리샤가 다른 종류의 갈등에 휘말렸으면 좋았을 것 같아요. 가계도를 정리하던 인물 말이죠.
재프리	마지막에 불태우는 가계도 말씀이시죠.
모리슨	그리고 젊은 여자들도 그래요. 애나 같은. 애나는 미즈너 목

사와 갈등을 빚죠. 우리는 애나가 누구인지, 다른 사람들이 애나를 어떻게 생각하는지 알고 있지만 애나의 관점은 매우 주관적이거든요. 다른 사람들에게 배척당하는 사람의 딸이기 때문에 칼을 갈 수밖에 없죠. 애나는 모든 걸 재평가하고 이 마을에 대해서 여러 끔찍한 사실을 깨닫게 되었다고 스스로 생각합니다.

재프리   제 친구는 이렇게 말하더라고요. "무엇이 토니 모리슨을 정말 분노하게 만드는지 물어봐."

모리슨   그게 말이죠, 화가 없어졌어요. 아주아주 이상한 일인데요. 안 그래도 이번 여름에 누군가에게 이런 말을 했어요. 어떤 반환점을 지났다고 느꼈다고요. 그게 뭔지는 몰라도 말이죠. 지금은 화가 없어졌어요. 대신 아주 슬퍼요. 그리고 그 사실이 너무 슬프게 느껴졌어요. 정말로 슬펐어요. 하지만 최근에 화가 난 일이 있다면 그 딸 때문이었어요. 제 인생 밖에 있는 사람에게 그렇게 분노를 느껴본 적은 없어요. 화가 나면 그냥 일을 계속하면 되거든요. 하지만 오늘은 저스티나 때문에 조금 화가 났어요.

재프리   저스티나요?

모리슨   엄마가 애인과 함께 죽인 어린 여자아이 말이에요.

재프리   맙소사. 그 〈뉴욕 포스트〉 기사1995년 브루클린에서 8세 여아가 엄마와
       그 애인의 손에 살해당한 사건 말씀이시군요. 알아요.

모리슨   정말 끓어오르는 분노를 느낀 부분은 엄마가 아이의 손을 붙
       잡아 누르고 있었다는 거예요, 아이가 익사하는 동안.

재프리   그게 정말 가장 끔찍한 사실이었어요.

모리슨   그 생각을 곱씹고 곱씹고 하다 보니 흥분을 감출 수 없었어
       요. 그 아이에 대한 글을 쓰고 싶은 마음이 간절했지요. 그런
       일에 대해서 분노하기는 하지만 예순넷이 넘으니 평소에는
       그저 좀 침울해질 뿐이에요.

재프리   침울하다면 단념하거나 수동적으로 반응한다는 말씀이신
       가요?

모리슨   과부하 상태인 거죠. 제 나이가 되면 네 가지의 선행을 하기
       도 힘들어요. 다른 건 잊죠. 학생들에게도 이야기해요. 네 가
       지. 나 이외의 것에 변화를 가져오자고요.

재프리   그 네 가지는 어떤 것이죠?

모리슨   제가 하는 선행이요?

재프리　네, 작년에 어떤 일을 하셨죠?

모리슨　이 책이 한 가지인 것 같고 가르치는 일도 한 가지예요. 다른 두 가지는 이야기하고 싶지 않아요.

우리는 언제나 비합리적이고 감정적이고
정신 나간 사람들이라는 시선을 받아요.

재프리　잠깐 O. J. 심슨미식축구 선수 O. J. 심슨은 전 부인 니콜 심슨과 그 친구를 살해했다는 혐의에 대해 1995년 무죄판결을 받았다에 대해 이야기 나누어도 될까요?

모리슨　(웃음)

재프리　'흑인의 비합리성'이라는 시각에 대해 이야기해볼까요?

모리슨　심슨 사건은 시장성이 있는 이야기예요. 이 이야기를 구성하는 요소는 흑인의 비합리성, 흑인의 교활함, 흑인의 어리석음, 그리고 포식자로서의 흑인이에요. 이게 그 사건에 대한 이야기를 구성하고 있어요. 거기서 흑인의 비합리성을 제거하면 이야기가 되지 않아요. 일반적인 흑인들은, 특히 흑인 남자들은 극단적일 거라는 시각이 있어요. 설명이 되지 않는 존재라는 시각도 있어요. 우리는 언제나 비합리적이고 감정적이고 정신 나간 사람들이라는 시선을 받아요. 그래서 그와 정반대의 모습으로 주류사회에서 인정을 받은 사람의 경우 다시 혼돈 속으로 추락할 위험이 늘 있습니다. 이 경우만 그런 게 아니에요. 다만 이 사건은 마치 연극처럼 펼쳐졌을 뿐이에요. 거의 모든 서사, 이야기에서 나타나는 특징이에요. 특히 흑인 남성에 관한 이야기에서요. 그래서 제 관심사는 사실 제 하찮은 직감이 아니라…….

재프리   그런데 무죄라고 직감했다고 쓰셨잖아요.

모리슨   그럼요. 그건 확신했어요. '동기'와 '기회' 때문이죠. 40분.

재프리   40분. 어떻게 그렇게 짧은 시간에 그럴 수 있었겠어요?

모리슨   과학적으로는 40분 안에 가능하겠지만 아주 비합리적이죠. 거의 불가능하죠.

재프리   물리적으로 불가능하지 않나요?

모리슨   불가능하지는 않아요.

재프리   두 사람이 범행을 했다거나 그런 생각을 하시는 건가요? 어떤 가설을 갖고 계세요?

모리슨   가설 같은 건 없어요.

재프리 최정예 변호사들로 팀을 꾸렸지만 사실을 밝히려는 시도조차 하지…….

모리슨 않았죠. 무죄판결을 받는 쪽으로 결정했죠. 다른 가설을 세우기보다는요. 방송프로그램이었다면 죄지은 사람을 찾아냈겠지요. 하지만 사법 체계는 그렇게 돌아가지 않아요. 이 사건에는 굉장히 많은 자금이 관련되어 있었거든요. 그 사건으로 사람들은 일자리를 얻었고 완전히 새로운 산업이 생겨나기도 했어요. 온갖 쟁점이 표면화되었어요. 언젠가 여기에 대해서 더 많은 걸 알게 될 것 같아요.

재프리 어떻게 아이들이 아무 소리도 듣지 못했는지 모르겠어요.

모리슨 엄마가 우는 소리를 들었죠.

재프리 하지만 그 뒤로 아무 소리를 듣지 못했잖아요. 그런 난폭한 일이 벌어지고 있었고 개가 짖었다면…….

모리슨 못 들었죠. 아주 난해하고 기이한 사건이에요. 심슨 자신도 새로운 사실을 밝히는 데 별 도움이 되지 않아요. 하지만 제가 이 사건에 대해 느낀 점은…… 성매매 여성이 법정에서 강간 피해자가 되기 쉽지 않잖아요. 성매매 여성이니까. 그런 문제 같았어요. 깊게 파고들어 갈 거라면, 누가 가해자인지 밝힐 거라면 그렇게 했어야지요. 결국 진실이 드러나지 않은 이유 중에 하나는 피고인 변호인단이 성공적으로 변호했을 뿐만 아니라 언론이 자꾸 그 위에 온갖 다른 문제를 덮어씌웠기 때문이에요.

재프리   좀 다른 질문인데요. 동시대 작가들 중에 작품이 나오면 바로 구해서 읽는 작가가 있으세요?

모리슨   글쎄요. 마르케스에게 관심이 많습니다. 마르케스가 썼다고 하면 다 읽어요. 피터 케리는 예전에는 가끔 읽었지만 지금은 열심히 읽어요. 핀천도 읽습니다. 이런 작가들의 책은 나오면 바로 삽니다. 또 누가 있을까요? 저메이카 킨케이드도 신간이 나왔는데 아직 안 읽었어요. 킨케이드의 작품을 정말 좋아해요. 정말 음미할 만하답니다. 예리한 동시에 아름답지요.

재프리   재혼은 생각해보신 적이 있나요? 그러니까 결혼 생활을 하면서 결혼에 대한 생각이 바뀌지는 않았나요?

모리슨   아니요. 저는 결혼이라는 관념은 좋아합니다. 두 부모가 온전히 아이들 곁에 있어주고 아이들을 위해주는 것이 더 낫다고 생각합니다. 하지만 오로지 어머니와 아버지만 있는 것은 좋지 않습니다. 그런 고립은 공포스러워요. 저는 차라리 아주 넓은 연결망, 대가족을 선호합니다……. 결혼이라고 하면 주로 작은 핵가족을 떠올리죠. 전 그게 개탄스럽습니다.
하지만 결혼과 이혼을 하면서 많은 걸 배웠어요. 많은 여성이 마찬가지라고 생각합니다. 미처 깨닫지는 못하지만요. 한번은 친구들과 둘러앉아 있는데 다들 이혼을 했거나 별거 중이거나 두 번째 결혼, 세 번째 결혼을 했더군요. 모두 살면서 이별을 겪어본 친구들이었던 거죠. 그래서 제가 그랬어요. "우리는 그런 경험을 실패처럼 말하지만 어디 한번 이야기해보자. 배운 건 없을까? 관계가 무너지면서 정말 귀중한 깨달음을 얻지는 않았을까?" 그랬더니 다들 곰곰이 생각해보더군요. 저도 생각했습니다. 친구들은 놀라운 이야기를 들려주었습니다. 한 친구는 이렇게 말했습니다. "나는 말하는 법을 배웠어. 처음으로 말하는 법을 배웠어." 또 다른 친구는 이렇게 말했죠. "나는 관리 능력이 정말 좋아졌어. 나도 젊었을 때는 살림에 아무 소질이 없었거든." 그런데 남편은 더 심했던 거지요. 그래서 그런 남편과 한집에 살기 위해서는 정말 정신을 차려야 했어요. 그때 얻은 내공을 지금도 수시로 사용한다고 합니다. 그래서 그런 만남을, 그것이 얼마나 오래 지속되든, 어차피 영구적인 것은 없으니까, 실패라고 생각하지 말자고 말했어요. 그냥 실패가 아닌 다른 어떤 것이에요. 거기서 얻을 것도 있고요.

재프리　선생님은 뭘 배우셨어요?

모리슨　저는 굉장한 자존감을 얻었습니다. 관계가 무너진 탓에 자존감을 상실할 수도 있었겠지만 저는 일어서야 했거든요. 직장에서 임금협상을 할 때였어요. 회사는 여직원 임금을 인상하는 데 아주 인색했어요. 그럴 때면 저는 말했죠. "이건 너무 낮아요." 그러면 회사 측은 머뭇거렸고 저는 이렇게 말하곤 했어요. "제 말 들어보세요. 가장이시죠? 가장한테 필요한 게 뭔지 아시잖아요. 그게 바로 제가 원하는 거예요. 저도 그걸 원해요." '이건 중요한 문제다. 나는 회사를 재미로 나오는 소녀가 아니다. 안주인이 아니다. 나는 가장이고 아이들을 키우기 위해 일을 해야 한다.' 이런 입장을 취했습니다.

아이들에게 왜 이혼했는지 설명하는 일은 때로는 불가능해요. 우리 아이들은 원망이 컸지요. 사춘기 때 그랬어요. 지금 우리 애들은 참 괜찮은 사람들로 컸어요. 내 자식이 아니라도 사랑할 수 있을 거예요. 하지만 더 어렸을 때, 다섯 살, 여섯 살 때는 완전히 이해하지 못했어요. 그래도 저는 절대로, 절대로 애들 아빠 흉을 보지 않았어요. 애들과 아빠의 관계는 지켜야 하니까요. 흉보지 않았어요. 제 생각이 틀렸을지도 몰라요. 하지만 애들에게 짐을 지우고 싶지 않았어요. 선택하라고 강요하고 싶지 않았어요.

재프리   아들들을 키울 때 아이들이 앞으로 맞닥뜨리게 될 인종문제와 관련해서 아이들을 보호하려고 하거나 어떤 조언을 하지는 않으셨나요?

모리슨   아니요. 그쪽으로는 실패했어요. 그야말로 처참하게. 아들 하나는 1965년에 태어났어요. 저는 아이들이 제가 겪었던 것 같은 일들을 겪지 않으리라고 생각했어요. 물론 정치사회적 문제에 부딪힐 거라고는 생각했죠. 가진 자와 못 가진 자의 문제, 등등. 하지만 제 형제자매들과 제가 겪었던 수준의 혐오와 경멸은 결코 겪지 않으리라고 생각했어요. 우리 어머니 때는 더했죠. 어머니의 어머니 때는 더 심했고요. 그래서 발전하고 있다고 생각했어요. 완벽할 리는 없었고 심지어 양호한 정도까지는 아니라도 막연히 전과 다를 거라고 생각했던 것 같아요. 그런데 제 생각이 완전히 틀렸죠.

재프리   1980년대가 오고…….

모리슨   흑인 남자아이들이 범죄자 취급을 받았으니까요. 그래서 끊임없이 아이들의 목숨을 걱정해야 했어요. 사방에 과녁이 있는 듯했으니까요. 지금도 여전하지요. 경찰은 아직도 초코바 따위를 총이라고 착각했다는 둥 다른 걸로 착각했다는 둥 주절대고 있는데 만약 백인 아이 등에 총격을 가하고 같은 변명을 했다면 아무도 말이 된다고 생각하지 않을 거예요. 백인 부모에게 "총으로 보였는데 초코바였다"라고 말할 수 있을까요? 정말 초현실적이죠. 아이들은 이런 환경에 약자로 노출된 거예요. 저는 세월이 흐르고 흘러도 그걸 받아들이기가 힘들었어요. 상황이 그토록 나빴다는 사실을 말이죠. 정말 나쁘다는 것은 알았지만 그 정도로 나쁜 줄은 몰랐어요.

재프리   어머니 모교인 하워드대학교에 입학한 아들도 있죠?

모리슨 한 아이가 하워드대학교에서 건축을 전공했죠. 별로 좋아하지는 않았어요. 건축을 공부하기에 최적의 학교는 아니었대요. 건축 대학이 그렇다는 개인적인 의견이에요. 하지만 그런 대학에 가는 것을 반대하지는 않았어요……. 저와 달리 아이들은 하고 싶은 공부를 가장 잘할 수 있는 곳을 찾는 데 집중했어요. 사회적인 평판 등을 고려하지는 않았어요. 저는 그게 고마웠어요. 저와 아주 가까운 친구 앤절라 데이비스는 어릴 때부터 우리 아이들을 봐왔어요. 제 가까운 친구들은 다들 굉장히 독립적인 여성이었고 매우 진보적이었어요. 아이들은 그런 여성들 사이에서 자랐지요. 그래서 감각이 달라요. 사회적 변화에 매우 민감해요. 전 잘 몰랐어요. 얼마나 일상적이었는지. 엘리베이터에 타면 다른 사람들이 다 내린다든가. 저는 상상도 할 수 없었어요. 아이들을 좀 더 이른 시기에, 혹은 좀 더 늦은 시기에 키웠다면 이렇게 말했을 거예요. "자, 봐라, 그럴 땐 이렇게 하는 거다." 그리고 아버지가 항상 하시던 말씀을 애들에게 했을 거예요. "네가 사는 동네는 그 동네와 달라."

재프리 그 동네와 다르다고요?

모리슨 타인의 상상 속에 있는 동네와 다르다는 말이었죠. 네가 사는 곳은 그들이 상상하는 곳과 달라. 그들이 상상하는 것은…….

재프리 타인이 상상하는 현실이 무엇이든, 그건 진짜 너의 현실이 아니라는 거네요.

모리슨   맞아요. 너의 현실이 아니다.

재프리   아버지가 그런 말씀을 하셨어요? 정말 놀랍네요.

모리슨   정말 대단한 분이셨죠. 통찰력이 뛰어났어요. 일터로 가서 돈을 벌자. 벌었으면 집에 가자.

재프리   용접 일을 하셨죠?

모리슨   맞아요. 그래서…… 도움이 됐죠. 저는 인종차별적인 따돌림이나 모욕 같은 행위를 딱한 눈으로 볼 수 있었고 타인의 문제로 생각할 수 있었거든요. 결코 흡수하지 않았어요. 그런 행위를 하는 사람들에게는 어떤 결핍, 지적이든 정서적이든 결핍이 있다고 항상 생각했어요. 아직도 그렇게 생각해요. 하지만 아이들에게 이런 얘기를 충분히 전달하지 못했어요. 아이들은 그래서 어려움을 겪은 것 같아요. 남자라는 점도 그래요. 애들은 경쟁심이 강했고 다른 방식으로 상처를 받았어요. 여성은 억울한 일을 당하거나 업신여김을 당하는 게 훨씬 더 익숙할 수 있어요. 그래서…….

재프리   '이건 생각을 말아야지' 하죠.

모리슨   맞아요. 건드리지도 말아야겠다고 생각해요. 남자들은 달라요.

재프리   건드려보지요.

모리슨   시도는 하지요. 그래서 저보다 더 많은 아픔을 겪은 것 같아요.

재프리   흑인 남성인 제 의붓아버지는 최근에 이렇게 말씀하셨어요. 젊은 흑인 남성들에게, 상담을 받아보라고 조언하고 싶다고 요. 아버지도 상담을 통해 타인의 편견을 받아들일 수 있게 되었대요. 흥미롭다고 생각했어요.

모리슨   흥미롭네요. 저는 한때 정신의학이 인종을 고려하지 않는다 고 신랄하게 비판한 적이 있거든요. 정신의학에서는 자신이 남자, 혹은 여자라고 깨닫는 순간, 아니면 용변을 가리는 훈 련같이 어린 시절에 벌어지는 사소한 일들을 중요하게 다루 지만 자신이 백인이라고 깨닫는 순간에 대해서는 아무도 이 야기하지 않거든요. 내가 흑인이라고 깨닫는 순간에 대해서 도 이야기하지 않아요. 하지만 그것은 심오한 깨달음이거든 요. 그런데도 아무도 언급하지 않죠. 예외적으로 망상증이 나 지적 깨달음의 맥락에서 언급됩니다. 그렇지만 이런 순간 은 백인 아이들에게도 마찬가지로 충격적이거든요. 저는 소 설 속에서 이런 사례들을 얼마든지 접했어요. 내가 백인이라 는 사실을 깨닫는 순간 말이에요. 릴리언 헬먼이나 비슷한 남 부 작가들의 작품 속에서 백인과 흑인 아이들은 함께 잘 놀다가 더 놀지 못하게 되는 순간을 맞이해요. 함께 어울릴 수 없게 되는 순간이요. 백인 아이의 경우 유모와의 관계에서도 이런 순간을 맞이하죠.

재프리 내가 이 사람을 사랑하는데 어느 순간 그 사람이 없어져버리는 거죠.

모리슨 없어져버리죠. 그런 다음에는 나의 직관을 믿지 못하게 되어요. 내가 사랑할 수 없는 것을 사랑했다고? 우리와 어울릴 수 없는 것을 사랑했다고? 전 그 정신적 충격이 정말 흥미롭다고 생각해요. 강연에서도 이런 말을 한 적이 있고 정신과의사들이 저에게 이 주제에 대해 좀 더 강의를 해달라고 했어요. 저는 이렇게 대답했죠. "그건 선생님들이 고민하셔야 할 문제입니다."

재프리 예전에 집에 큰불이 난 적이 있다고 최근 읽었습니다. 그때 소실된 원고도 있나요? 무슨 일이 있었나요?

모리슨 아, 기억하죠. 로클랜드 카운티에 살 때였어요. 크리스마스에 벌어진, 우연히 일어난 화재였어요. 벽난로에는 타다 만 석탄에 소나무 장작, 바닥에는 리스에서 떨어진 솔잎 같은 것들이 흩어져 있었는데 잘 쓸어놓지 않았거든요. 불이 거기로 옮겨붙었고 다시 소파로 옮겨붙어 타들어갔는데 아무도 눈치채지 못했어요. 저는 그 자리에 없었어요. 아이 하나는 집에 있었죠. 아이가 아래층으로 내려왔을 때 이미 불길이 지붕을 뚫고 치솟고 있었대요. 그래서 소방서에 전화를 했는데 몹시 추운 한겨울이었고 소화전이 얼어 있었어요. 저는 손으로 원고를 쓰는데…… 책은 몇 권 살릴 수 있었지만 제 원고 전부, 그리고 이미 발표한 책에 대해 적어둔 글 등은 위층 제 침실에 있었거든요. 침대 밑에 수납공간이 좀 있어서, 바퀴가 달린 작은 수납함에 넣어두었는데 제일 먼저 불이 붙었죠. 나중에 이렇게 말을 한 적이 있어요. "왜 그것들을 지하실보다 내 곁에 두는 게 더 안전하다고 생각했을까?"

저는 원고가 어떻게 되든 상관없었어요. 다시 볼 생각이 없었거든요. 그래서 그건 그다지 마음 아프지 않았어요. 아이들에게는 가치가 있었겠죠. 유산으로서. 하지만 저는 원고를 다시 보지 않을 걸 알았어요. 『가장 푸른 눈』은 손으로 쓴 원고만 일곱 가지가 있었는데 다시 볼 일 없어요. 그래서 그건 그다지 속상하지 않았습니다. 다른 사람들은 그런 데 관심이 있을지 몰라도요. 제가 속상했던 건 아이들과 제 사진 때문이었어요. 우리 가족사진이 하나도 없어요. 다 사라졌어요. 우리 애들 성적표가 사라져서 속상하고 키우던 다육식물이나 옷가지들이 아쉬워요.

그뿐만 아니라 저는 에밀리 디킨슨의 초판본, 포크너의 초판본들을 좀 갖고 있었거든요. 정들어 못 버리는 것들 있잖아요. 30~40권쯤 됐는데 제가 읽으면서 이런저런 표시를 해두었거든요. 프레더릭 더글러스도. 초판본은 아니고 영국에서 나온 2쇄본이었지만요. 그리고 오랜 세월에 걸쳐 주고받은 편지도 다 사라졌어요. 뭘 보관하면 안 되는 장소였어요. 변명의 여지가 없죠. 집도 다 불타고. 많은 걸 잃었죠.

재프리　아프리카에는 가보셨나요?

모리슨　안 가봤어요.

재프리　가보고 싶다는 생각은 하시는지요?

모리슨　꼭 가보고 싶지요.

재프리　아프리카를 방문하는 것이 일반적인 아프리카계 미국인들에게 중요한 경험이라고 생각하시나요?

모리슨　잘 모르겠어요. 우리는 아프리카를 굉장히 낭만적으로 바라보지요. 그런 이유에서 중요할지도 모르겠어요. 우리는 어떤 전설이나 역사, 편리하고 간단한 설명에 현혹되곤 하니까요. 저는 세네갈에 가고 싶어요. 우스만 셈벤이 절 초대했거든요. 가고 싶은 마음이 간절해요. 이제는 남아프리카공화국도 가고 싶어요. 거기서도 절 불러주는 사람이 꽤 있어요.

재프리　지금 남아공은 마치 1776년 미국이 영국에 대한 독립을 선언한 해을 보는 것 같아요. 흑인이 결정권을 갖고 있다는 점이 다르지만요.

모리슨   저도 그걸 꼭 보고 싶어요. 정말 갈 수 있기를 바라고 있어요.
         연구를 위한 여행이나 평생 제가 해왔던 방식의 여행이 아니
         라 앉아서 지켜보고 싶어요. 바라보고 이야기 나누고 싶어요.

재프리   저는 남아공의 진실화해위원회에 대한 기사를 쓰러 갔어요.
         위니 만델라남아프리카공화국의 정치인이자 넬슨 만델라의 두 번째 아내 공
         판을 보았고요. 이제는 바라보는 시각이 좀 바뀌었을까요?
         사람들은 위니 만델라로 인해 심각한 문제가 많이 발생했고
         위니 만델라를 더 이상 감싸줄 수는 없다고 비로소 인정하게
         될까요?

모리슨   만델라와 굉장히 가까웠던 한 남아공 여성이 제게 묻더군요.
         "왜 미국 흑인들은 위니 만델라에게 호감이 있는 거죠?" 저는
         당황스러웠습니다. 위니 만델라가 미국에 왔을 때 우리 흑인
         여성들은 스스로의 힘과 존엄을 실감할 수 있었습니다. 위니
         만델라는 입에 담기 힘든 고생을 한 사람이기도 하고요. 이
         질문을 받은 뒤 저는 무언가가 고의적으로 우리의 시야를 흐
         리게 했는지 고민하게 되었습니다. 미국 여성이 공석에서 위
         니 만델라를 어떤 방식으로든 비판하기는 매우 어렵습니다.
         어떤 방식으로든. 저도 제 생각이 어떤지 잘 모르겠습니다.
         위니 만델라에 대한 굉장한, 솔직히 굉장한 존경심이 있기는
         하지만 그건 위니 만델라의 전설적인 과거에 기반한 것이에
         요. 그리고 위니 만델라가 미국에 왔을 때 만났는데 정말 대
         단한 사람, 끌어당기는 힘이 큰 사람이었어요. 하지만 아프리

카 사람들, 특히 남아공 사람들은 다른 이야기를 합니다. 그래서 그 이야기를 고려하지 않을 수 없어요. 지금은 아주 궁금합니다. 진실이 무엇인지. 그러니까, 정말로 어떤 사람일까요?

물론 저한테 넬슨 만델라는 이 세상의 유일한 정치인입니다. 말 그대로 정치인이죠. 모든 문제를 총으로 풀려고 하지 않는. 정말 상상을 초월해요. 정말로요.

노래와 이야기

코스비   모리슨 교수님, 출생지와 생년을 말씀해주세요.

모리슨   1931년 오하이오주 로레인에서 태어났습니다.

코스비   본명은 무엇인가요?

모리슨   클로이 워포드입니다.

코스비   부모님 성함을 말씀해주세요.

모리슨   어머니는 엘라 라마 워포드, 아버지는 조지 워포드입니다.

이 인터뷰는 내셔널 비저너리 리더십 프로젝트_{미국을 선도하는 미래 통찰력을 가진 굵직한 흑인 저명}
_{인사들과의 대화를 기록한 사업}의 일환으로 2004년 11월 5일 진행되었다. 인터뷰어 커밀 O. 코
스비는 연극 및 TV 프로그램 제작자이다. 영화로도 제작된 희곡 〈할 말 하기: 들레이니 자
매의 100세 인생Having Our Say: The Delany Sisters' First 100 Years〉의 공동 제작자로 가장 잘
알려져 있다. 남편이자 코미디언인 빌 코스비의 오랜 매니저이기도 하다.

코스비   형제자매는 몇 명인가요?

모리슨   남자 형제가 둘, 언니가 하나 있습니다.

코스비   로레인의 역사, 그리고 1930년대와 1940년대 그곳에서 자라면서 어떤 일들을 겪었는지 말씀해주세요.

모리슨   평범하지는 않았습니다. 오하이오주 로레인은 오벌린 바로 옆에 있었기 때문이죠. 오하이오주에서도 특히 이 지역에는 노예제도의 폐지를 주장하는 폐지론자들이 넘쳐났습니다. 오벌린대학교는 다른 어떤 학교보다 먼저 여학생을 받기 시작했습니다. 북부는 공업지대였기 때문에 일자리를 찾아 남부에서 온 우리 부모님 같은 사람들로 가득했습니다. 물론 공업 부문 일자리였습니다. 그 사람들은 조선소나 제철소 같은 곳에서 일을 했지요. 전 세계에서 온 이민자들도 있었습니다. 그래서 제가 다니는 학교에는 영어를 못 하는 학생들도 있었습니다. 1세대 이민자들, 멕시코 사람들, 남부에서 온 흑인들. 이 사람들은 자랑스럽게 스스로를 멜팅포트melting pot, 출신이 다양한 사람들이 섞인 용광로라는 의미라고 칭했습니다. 정말 그런 분위기였습니다.

코스비   부모님은 어디서 태어나셨나요?

모리슨   어머니는 앨라배마주 그린빌, 아버지는 조지아주 카터즈빌에서 태어났습니다.

코스비 부모님의 출신배경에 대해서 조금 이야기해주세요. 왜 남부를 떠났고 오하이오주로 가기 전에 두 분의 인생이 어땠는지.

모리슨 두 분의 어린 시절 이야기는 꽤나 가슴이 아프지요. 어머니는 외할머니와 일고여덟 명쯤 되는 형제들과 남부를 떠났습니다. 앨라배마주 그린빌을 떠날 당시 어머니의 식구들은 위기에 처해 있었습니다. 외할머니 말씀에 따르면 백인 남자아이들이 농장을 맴돌고 있었기 때문에 거기 더 머무를 수 없었다고 합니다. 할머니는 딸이 많았고요. 어렸을 때는 그게 무슨 뜻인지 잘 이해할 수 없었어요. 하지만 물론 나중에는 정확히 어떤 의미였는지 깨달았죠. 외할머니의 남편, 그러니까 제 외할아버지는 살림에 좀 더 보탬이 되려고 버밍엄에 일을 하러 떠난 상태였어요. 낮에는 일을 했지만 밤에는 바이올린 연주도 했기 때문에 그걸로도 돈을 벌었죠. 그렇게 번 돈을 가족에게 부친 거예요. 그래서 할머니는 자식들을, 어린 자식들을 그야말로 홀로 키우고 있었던 겁니다. 할머니는 그런 환경에 겁을 먹었죠. 할머니는 할아버지에게 소식을 보냈습니다. 가족을 다시 보고 싶다면 언제 어디에서 기차를 타라고 전한 거예요.

(양쪽 모두 웃음)

엄마는 이 기차에 탄 날을 기억합니다. 아무도 모르게 야반도주를 해야 했습니다. 소작농 집안이었기 때문이죠. 소작농은

토니 모리슨과 그 어머니 라마 워포드(1982)

어디로든 떠날 수가 없었거든요. 식구들은 외할아버지가 약속한 기차에 탔는지 확신할 수 없었고 기차가 역을 빠져나간 뒤에도 외할아버지가 보이지 않으니 다들 울기 시작했대요. 60마일 정도 지났을 때 할아버지가 나타났대요. 몸을 숨기고 있었다나. (웃음)

우리 아버지는 좀 다른 방식으로 남부를 떠났어요. 원래 제가 아는 건 많지 않았어요. 열네 살쯤 되었을 때 떠났다는 것, 캘리포니아주에 있는 형의 집으로 갔다가 결국 오하이오주로 왔다는 정도만 알았어요.

그러다가 훨씬 나중에, 아버지가 돌아가시고 훨씬, 훨씬 나중에 알게 됐어요. 청소년일 때 마을에서 이웃 사람들이 린치를 당하는 걸 목격했다는 거예요. 사업을 하는 사람들인가 그랬는데…… 약 18개월 동안에 서넛이 죽임을 당한 겁니다. 그게 어떤 징조였나 봅니다……. 그러니까, 아버지는 그렇게 생각하고 떠나온 거죠.

코스비　　그랬군요.

모리슨　　그렇게 떠나온 겁니다.

코스비　　알겠습니다.

모리슨　　그래서 다시 떠올리기가 끔찍했던 겁니다.

역사에는 공백이 없었을지 몰라도
예술은 분명히 그 시절을 공백으로 남겨두고 있었어요.

코스비 어느 인터뷰에서 조부모 중 한 분과 증조부모 중 한 분이 태어날 때부터 노예 신분이었다고 말씀하셨는데요. 그리고 아마 할아버지였나요? 할아버지가 노예해방선언 당시 열 살이셨다고요?

모리슨 맞아요.

코스비 조부모와 증조부모의 경험에 대해서 집안에서 이야기를 나누곤 했나요?

모리슨 방금 말씀하셨던 할아버지 얘기만 들었습니다. 노예해방선언이 발표되었을 때 할아버지는 아마 다섯 살이셨을 거예요. 우리 집안에서 하던 이야기는 이것입니다. 당시에 어린아이였던 할아버지는 해방 소식을 들었지만 노예해방선언이 무엇인지 정확히 설명해주는 사람이 없었기 때문에 좋은 일인지 무서운 일인지 알 수 없었죠. 그래서 그날 할아버지는 침대 밑에 숨었어요. 해방이 왠지 무시무시하게 느껴진 거예요. 밖으로 끌려 나온 뒤에는 해방이 온다니까 무서워서 숨었다고 털어놓았지요. 우리 집안 사람들이 종종 우스개로 이야기하던 일화입니다.

할아버지에 관한 이야기 중에 제가 정말 좋아하는 일화는 이

거예요. 하루는 할아버지가 학교에 가서 선생님께 이렇게 말했다고 합니다. 일을 나가야 해서 이제 학교에 올 수 없지만 누나들이 읽는 법을 가르쳐줄 거라고요. 제가 아는 할아버지는 항상 무얼 읽고 계셨거든요. 〈아프로 아메리칸〉이나 〈피츠버그 커리어〉 같은 흑인 신문들이 항상 집에 있었고 할아버지가 성경을, 잘은 모르지만 여러 차례 끝까지 읽었다는 말도 들었습니다. 할아버지는 다독가였고 그건 누나들로부터 글을 배운 덕택이었어요.

코스비　하지만 누나들도 노예 신분이었겠군요?

모리슨　그럼요. 어렸을 때는 그랬을 겁니다.

코스비　누나들은 어떻게 글을 배웠을까요?

모리슨　그게 말이죠. 제가 『빌러비드』를 쓴 이유도 여기에 있는데, 어떤 곳에서는, 어떤 집안에서는, 어떤 지역에서는 그 시절 이야기를 건너뛰었어요. 그냥 건너뛰었어요. 입에 올리지 않는 이야기였죠. 시나 노래에 담지도 않았어요. 암시는 있었지요. 성경이나 종교에 빗댄 암시는 있었지만 구체적인 이야기는 없었고 굉장히 모호했어요. 이왕에 덮어두고 지나갈 거면 그냥 지나가야 한다는 태도였어요. 곱씹는다면 사람이 못쓰게 될 수 있었으니까요.
그래서 어떤 거대한 공백이 생겨났어요. 역사에는 공백이 없었을지 몰라도 예술은 분명히 그 시절을 공백으로 남겨두고 있었어요. 저는 노예 서사를 많이 읽었습니다만 그 속에도 빈 틈과 그릇된 정보가 있습니다. 마치 이렇게 말하고 있는 것 같았어요. "끔찍했어요. 그럼요. 끔찍했죠. 그렇지만 우리 주인님은 정말 괜찮은 분이었어요!" 불이익을 당하고 싶지 않았던 게 아니겠어요?

코스비   하지만 따져보면 흥미롭습니다. 아니, 흥미롭다기보다 좀 서글픈데요. 그렇게 많은 아프리카계 미국인들이 노예 문제를 입에 담지 않았다는 사실이요.

모리슨   입에 담지 않았지요. 수치스럽다고 생각했거나 돌이킬 수 없는 깊은 상처를 남길 것 같다고 생각했기 때문이겠지요. 제 입장은 정반대입니다. 과거를 이해하지 못하면 초월할 수 없고, 과거를 반복할 수도 있습니다. 인생의 절반도 이해하지 못하는 것입니다. 실상을 아는 게 중요합니다. 지우지 않고 마주하는 것이 중요해요.

코스비   소설에 노예제도나 노예제도의 유산에 대해 많이 쓰셨는데 집안의 과거가 여기 영향을 끼쳤나요?

모리슨   그렇습니다. 『타르 베이비』는 노예제도 이전의 이야기입니다. 노예제도를 건드리기는 하지만 그 내부에서 벌어지는 일에 대해서는 정치적이기보다 마법적이고 신비주의적인 관점을 유지합니다. '타르 베이비'라는 설화를 바탕으로 하고 있고 이를 단지 다른 형태로 변환한 것뿐이기 때문이죠. 이 설화는 아주 오래되었고 미국이 아닌 아프리카가 기원일 거예요. 이런 식으로 여러 이야기를 합치는 일에 저는 관심이 있었어요. 설화에 담긴 많은 정보가 역사 속에는 결여되어 있거든요. 그건 물론 역사가 승자의 관점에서 기록되었기 때문이죠.

하지만 『빌러비드』를 쓸 때는 그렇게 하고 싶지 않았습니다. 역사적 인물과 역사적 사건에 대해 이야기하고 싶은 마음이 간절했어요. 하지만 무엇보다 노예제도에 대해서 이야기해야 했기 때문에 마음이 굉장히 불편했어요. 그리고 저는 바닥을 파고드는 식으로 접근하고 싶지 않았어요. 이런 방식을 비판하기도 했고 감정적으로 힘든 일이기 때문이에요. 그래서 글을 쓸 때 굉장히 어려웠어요. 적합한 언어를 찾는 것도 물론 어려웠지만 외부에서 들여다보는 관점을 택하지 않았기 때문에 어려웠죠. 하지만 그런 관점은 진정성도 없고 정당하지도 않다고 생각했어요. 학생들에게도 늘 이렇게 얘기합니다. "단지 '흑인 아버지'가 아닙니다. 여러분의 아버지예요. 여러분이 알고 있는 아버지 있죠? 그 아버지예요."

코스비   과거에 이렇게 말씀하신 적이 있습니다. 인종차별과 사회적 환경, 그리고 사회적 변화의 가능성에 대해서 어머니와 아버지가 서로 매우 다른 관점을 가지고 계셨다고요. 부모님의 서로 다른 관점을 설명해주시기 바랍니다.

모리슨 아버지는 백인들이 나아질 기미가 없다고 확신했습니다. 백인이라는 집단을 고칠 수는 없다고 생각했고 의견을 굽히지 않았습니다. 우리가 살고 있는 동네에는 항상 백인들이 있었습니다. 수많은 백인과 함께 살았고 조선소, 제철소에서 함께 일했어요. 사람들은 아버지를 매우 좋아했고요. 그래서 아버지가 그런 의견을 굽히지 않고 있다는 사실을 좀 나중에 알았지요. 집에 백인들을 들이지 않았으니까요. 저는 그 이유를 몰랐거든요.

코스비 그때는 린치를 목격하셨다는 사실도 물론…….

모리슨 아버지가 돌아가시기 전까지는 몰랐지요. 한 번도 입에 담지 않으셨어요. 백인들은 구제 불능이라고 생각하셨어요. 그럼에도 갈등을 일으키거나 화를 내는 분이 아니셨어요. 차분한 분이셨죠. 그렇지만 더는 어쩔 수 없다고 생각하셨어요.
반면에 저희 어머니는 만나는 모든 사람을 잠재적인 친구처럼 대했어요. 항상 좋은 쪽으로 생각하셨어요. 한 사람, 한 사람 떼어놓고 생각했죠. 저는 아버지보다 어머니 영향을 받았습니다.
나중에 더 많은 걸 알게 되고 처음으로 남부를 방문했을 때 노골적으로 드러나 있는 것들이 보였죠. 대학생 그리고 대학원생이 되어서는 아버지의 감정을 저도 느낄 수 있게 되었어요. 고등학교나 중학교를 다닐 때와는 달랐죠. 분리 정책이나 그로 인한 사기 저하는 물리적으로 굉장히 큰 힘이 있거든요.

나를 인류의 일원으로 보지 않는다는 기분이 들게 해요.

코스비   인종에 대한 부모님의 생각에서 어떤 영향을 받았나요?

모리슨   일반화된 혐오는 쓸모가 없다는 걸 깨닫게 되었죠. 지적으로도 정서적으로도 저한테 쓸모가 없었어요. 분노를 힘으로 글을 쓸 수도 없었어요. 다른 지점에서 시작해야 했어요. 어떤 의미에서는 마비 상태가 되니까요. 인종차별이 흥미로운 것은 이런 이유에서입니다. 아프리카계 미국인들이 무엇을 해내든 누군가가 "하지만 저건 못 하잖아"라고 말을 합니다. 그러면 아주 많은 에너지를 들여서 그걸 해낼 수 있다는 사실을 보여야 합니다. 그리고 그걸 입증하는 순간 저들은 말합니다. "하지만 저건 할 수 없잖아."
그 결과 움직이지 못하게 됩니다. 그냥 제자리에서 백인을 혐오하거나 인종차별을 혐오하거나 분리 정책을 혐오하느라 모든 에너지를 소비하게 됩니다. 정치적으로 대항할 수 없다고 이야기하는 것이 아닙니다. 창의적 에너지에 대해서 말하려는 겁니다. 만약 우리가 묵묵히 우리 작업만을 할 수 있다면?

코스비   그리고 작업으로 하고자 하는 말을 한다면?

모리슨   작업으로 하고 싶은 말을 해야죠, 할 수 있는 사람은……. 저는 상상력을 동원해 벗어날 수 있었어요. 사람들과의 관계 면에서는 어머니와 훨씬 닮았습니다. 중요한 사실은 작업을 위해서 어떤 위장된, 만들어낸 분노를 파고들 수는 없었다는 겁니다.

코스비 선생님의 소설 속에는 공동체라는 개념이 반복해서 나타납니다. 선생님이 성장하면서 속했던 공동체의 특징적인 전통이나 가치체계는 무엇이었습니까?

모리슨 저는 오하이오주의 아프리카계 미국인 공동체 속에서 성장했고 처음 남부를 방문했을 때도 거기서 동일한 언어를 사용한다는 걸 알 수 있었어요. 1950년대 남부 흑인 동네였는데 똑같은 분위기였어요. 어른들이 우리한테 원하는 행동거지도 똑같았고요. 여기서도 어른들은 우리에게 어떤 권리를 행사할 수 있다고 여기는 듯했어요. 말하자면 길거리에서 누구든 나한테 이래라저래라 할 수 있었어요. 열네 살 때 립스틱을 발랐는데 어떤 여자가 다가와서 제 립스틱을 지워줬던 게 생각이 납니다.

코스비 아는 분이었나요?

모리슨 네. 알기는 했지만 우리 엄마는 아니었죠. (웃음)

코스비 그냥 어떤 여자였군요.

모리슨 동네 사람이었으니까 아는 사람이기는 했죠. 그렇지만 "뭐 하시는 거예요? 저한테 손대지 마세요"라고 하지는 않았죠. 여자가 립스틱을 지우고 잔소리를 하며 저를 집에 보내는 동안 가만히 있었죠.

흑인 남자들 중에는 저들도 불량배면서 제가 엉뚱한 곳에 있으면 집으로 데려다주는 이들도 있었어요. 제게는 안전망이었어요. 기차에서 짐꾼들은 저를 보면 음식을 좀 더 주거나 냅킨을 좀 더 챙겨주곤 했지요. 그래서 항상 믿을 만한 사람들이라고 생각했어요. 오하이오주 로레인의 거리에서 흑인들 사이에 유효했던 행동양식은 남부에서도 마찬가지였어요. 저한테는 같은 학교를 다니는, 제가 정말 좋아했던 백인 친구가 있었거든요. 그 친구를 20년 만에 봤는데 우리 어머니를 성이 아닌 이름으로 불렀어요. (웃음) 나이 든 여성을 이름으로 부른다는 건 저는 생각조차 할 수 없는 일이었어요. 문화적 교류에서 화폐처럼 통용되는 그런 사소한 양식, 아주 보수적이고 위계적인 요소들을 저는 의식하고 있었죠. 그래서 증조할머니가 저희 집에 오셨을 때 당시 열여섯, 열일곱이던 삼촌들이 죄다 자리에서 일어나서 할머니를 맞이하는 걸 보고 대단하고 재미있다고 생각했어요.

코스비   노예 신분에서 해방되셨다는 그 증조할머니 말씀이시죠?

모리슨   맞아요. 삼촌들은 다 일어났어요. 할머니는 지팡이를 짚고 있었지만 키가 6피트182센티미터였어요. 그때 저는 어린애였는데 할머니가 집 안으로 들어오니 열여섯, 열일곱 살쯤 먹은 거칠고 무서워 보이는 남자들이 다 입을 다물었어요. 정말 대단했어요.

코스비 로레인에는 어떤 노골적인, 혹은 눈에 보이지 않는 분리 정책이나 인종차별이 있었나요?

모리슨 다른 지역에는 관련법이 있었지만 로레인에는 없었어요. 그렇지만 암묵적인 이해는 있었어요. 제가 이걸 깨닫게 된 건 엄마와 삼촌들 덕분이었어요. 동네에 새로운 시설이 문을 열면 큰 관심을 가졌죠. 새로운 극장이 생겼다 하면 엄마는 문을 여는 날 곧바로 극장에 갔지요.

문을 연 첫날, 토요일 오전에 극장에 가서 안내원들이 흑인들을 어디로 안내하는지 봐요. 엄마는 항상 일부러 안내하는 자리와 다른 곳으로 갔죠. 우리가 앉기 싫다고 하는데도 거기 앉혀요. 우리가 친구들 옆에 앉고 싶다고 해도 소용없어요. 극장에서 사실상의 분리 정책을 적용하지 않도록 확실히 해둔 거예요.

수영장도 마찬가지였어요. 그리고 삼촌이 아이스크림 가게에 들어간 것도 기억이 납니다. 그 가게에는 카운터가 있고 좌석이 있었어요. 우리는 거기서 아이스크림을 살 수 있다는 건 알았어요. 사서 나오는 건 되지만 좌석에 앉아도 되는 건지 그건 몰랐죠. 삼촌은 가게에 들어가서 주문을 하고 좌석에 앉았고 약간의 언쟁이 있었지만…….

CHLOE WOFFORD

토니 모리슨의 고교 학급 사진(1949)

코스비   쫓아낼 수는 없었군요?

모리슨   없었죠.

제가 흑인 학교에 가보고 싶던 이유는
한 번도 흑인 선생님에게 배워본 적이 없었기 때문이에요.

코스비   1949년 로레인을 떠나 어느 대학교에 입학하셨나요?

모리슨   워싱턴 D.C.의 하워드대학교를 선택했습니다.

코스비   앞서 남부를 여행했다고 하셨는데요. 그건 하워드 플레이어
스_{하워드대학교의 학생연극} 단체의 일원으로 가셨던 건가요?

모리슨   맞습니다. 하워드대학교의 하워드 플레이어스에서 아주 크
고 중요한 배움을 얻었습니다. 제가 흑인 학교에 가보고 싶었
던 이유는 한 번도 흑인 선생님에게 배워본 적이 없었기 때문
이에요. 저는 흑인 지식인들 사이에 있고 싶었어요. 정말 그
랬습니다. 어머니와 아버지는 1년 학비를 감당할 돈은 있다
고 말씀하셨죠. 1년이요. 저는 좋다고 했습니다. 1년뿐이었어
요. 그 이후의 일은 그때 가서 생각하거나 1학년만 다니고 그
만둘 생각이었죠. 4학기제의 한 학기 학비가 35달러였으니까
그럴 만했습니다.

그래서 대학에 갔는데 한편으로는 제가 바라던 그대로였습니

다. 남녀 학생들은 다 흑인이었고 교수진도 대부분 흑인이었습니다. 유럽 출신 교수들도 많았고 미국인도 있었습니다. 어쨌든 마음이 굉장히 편안해지는 곳이었습니다. 사소하지만 불필요한 스트레스가 없었죠. 사라지기 전까지는 있는 줄도 모르는 스트레스 말입니다. 그런 동시에 제가 생각했던 것과 매우 다르다는 인상도 받았습니다.

코스비   어떤 면에서요?

모리슨   이른바 흑인 중상류층을 처음 봤거든요. 그 사람들은 정말 달랐습니다. 그 사람들은 기대치가 달랐어요. 제가 살던 곳에서는 그 무엇보다 능력을 가장 귀중하게 여겼어요. 저는 성적이 늘 좋았고 내셔널 아너소사이어티^{미국 내 상위권 고등학생들을 위한 조직} 일원이었어요. 언니도 그랬고요. 그래서 저는 스타였어요. 하지만 근사한 옷이나 장신구 같은 게 없었고 심지어 상표에 어떤 차이가 있는지도 몰랐어요…….
그런데 가진 게 별로 없거나 부모가 전문직이 아니거나 하면 그를 놀리는 사람들이 있었죠. 저는 이 방면으로는 별로 야무지지 못했어요. 하지만 사람들은 그런 못된 아이들이 아무리 멍청하고 고약하고 성적이 나빠도 그 아이들을 좋아하더라고요. 그 아이들은 머리카락이 어때서, 피부가 어때서, 혹은 아버지가 변호사라서 등의 이유로 못된 짓을 하고도 미움받지 않았어요. 저는 어이가 없었죠. (웃음) 하지만 금방 괜찮아졌어요. 하워드 플레이어스를 만났거든요.

"독창적인 상상력과 시적 언어로 미국 사회의 핵심적인 문제를 생생하게 담아냈다." 1993년 이러한 찬사와 함께 토니 모리슨은 흑인 여성 최초로 노벨문학상을 수상했습니다. '흑인', '여성', '최초'라는 단어들의 연결이 어쩐지 낯설지 않습니다. 한강 작가의 노벨문학상 수상으로 '아시아', '여성', '최초'라는 수식어가 우리 모두에게 특별하게 다가왔기 때문이겠지요.

나와 같은 사람은 끼워주지 않던 거대한 무리의 담을 허문다는 것은 얼마나 대단하고 또 통쾌한 일일까요. 토니 모리슨은 백인의 시선으로 바라본 역사를 거부하고, 미국 흑인의 뿌리를 복원해 역사의 공백을 메우려 한 작가입니다. 이 책은 그가 출판 편집자로 일하던 시절의 생애 첫 인터뷰부터 타계 1년 전 남긴 마지막 인터뷰까지 총 여덟 편의 대화를 담았습니다. 모리슨의 말을 읽다 보면 그의 문학적 성취 이면에 무엇이 깃들어 있는지, 오하이오주 로레인에서 태어난 이 흑인 소녀가 무엇을 보고 무엇과 마주하며 글 쓰는 사람으로 성장했는지, 어떻게 '잠긴 문'을 열고 앞으로 나아갔는지가 선연하게 그려집니다.

삭제된 것을 되살리고 텍스트 바깥에 숨은 것을 찾아내는 모리슨의 작업은 '나와 같은 사람들'의 이야기를 구원하는 여정 같습니다. 이 여정에서 그가 남긴 사랑의 말들이 독자님의 일상에 오래 함께하길 바랍니다.

마음산책 드림

거기서 세 가지를 배웠어요. 첫째, 희곡을 읽어야 했어요. 제대로 읽어야 했어요. 영어 시간에 읽는 것과는 달랐어요. 정말 제대로 읽어야 인물에 대한 판단을 내릴 수가 있었어요. 그리고 하워드대학교 영문학 전공수업에서와 달리 여기서는 흑인 작가들의 작품을 읽었어요. 랭스턴 휴스도 읽었고, 어렴풋이 안다고도 할 수 없는 작가들의 작품을 읽었어요. 영문학과에서는 공부한 적이 없었거든요. 하지만 연극과에서는 다루었던 거죠.

셋째는 실력, 재능, 역할을 살릴 수 있는 능력만 있으면 배역을 딸 수 있었다는 거예요. 그래서 인기가 있거나 누구나 찾는 배우, 상위권에 있는 배우는 언제나 최고의 배우, 가장 재능 있는 사람들이었어요. 그래서 마음이 편했습니다.

그리고 매해 여름에는 회원 여남은 명이 교수 인솔하에 남부에 있는 흑인 대학교들을 방문했습니다. 거기서 그런 연극을 공연했지요. 정말 특별한 경험이었어요. 정말…… 말로 할 수 없어요.

코스비   그런데 또, 혹시 제가 잘못 알고 있다면 말씀해주세요, 하워드대학교 시절 교내 미인 대회에 나가셨다고요?

모리슨   맞아요! (웃음) 왜 그랬는지 모르겠지만. 어쨌든 우승은 못 했다는 말은 꼭 하고 싶어요. (웃음)

코스비   석사학위는 어디서 받으셨나요?

모리슨   코넬대학교에서 받았습니다.

코스비   그런 다음 하워드대학교로 돌아와 강의를 하셨죠. 이후 유명한 작가나 지도자가 된 제자들이 있다면 누군지 말씀해주실 수 있을까요?

모리슨   제가 가르쳤던 학생 중에 가장 생각이 뚜렷하고 도발적이었던 학생은 스토클리 카마이클1941~1998, 미국 흑인 남성 민권운동가이었어요. 아주 영리하고 굉장히 똑똑하고 재미있었죠. 클로드 브라운1937~2002, 미국 흑인 남성작가도 제 학생이었어요. 아미리 바라카1934~2014, 미국 흑인 남성 극작가는 잘 모르겠어요. 분명 학교에서 보긴 했어요. 그런데 사람들은 제 동료 학생들을 제가 가르쳤다고 잘못 말하기도 하거든요. 온갖 사람들이 "선생님 수업을 들었어요" 하는데 저는 그냥 학생으로서 같이 수업을 들은 것 같을 때도 있거든요? 제가 그 학교에서 학생이기도 했고 강사이기도 했으니까요. 그래서 확실히는 잘 모르겠어요. 데이비드 딩킨스1927~2020, 전 뉴욕시장는 학생이었어요. 아니, 같은 수업을 듣는 학생이었다는 말이죠. 나이가 저보다 많았어요. 참전군인이었어요. (웃음)

코스비   대학에서 강의를 하시다가 랜덤하우스 출판사의 교과서 편집자로 가게 된 이야기를 들려주시겠어요?

모리슨   하워드대학교에서 나온 뒤로는 일자리를 구하지 못했어요.

별거 중이었고 애들을 키우고 있었어요. 그때 신문에서 교과서 편집자를 구한다는 광고를 보고 내가 할 수 있겠다고 생각했어요. 그래서 지원했고 잘 됐어요. 직장은 뉴욕주의 시러큐스에 있었어요. 랜덤하우스가 L.W. 싱어라는 교과서 회사를 인수했기 때문인데 시러큐스에는 1년만 있으면 되고 그 이후로는 뉴욕시에서 다니면 된다고 했어요. 계속 시러큐스에 머물러야 했다면 일자리를 수락하지 않았을지도 몰라요.

코스비　랜덤하우스에서는 총 몇 년 근무하셨지요?

모리슨　다 해서 18년, 19년 정도 했어요. 오래 있었죠.

코스비　아프리카계 미국인의 역사를 담은 스크랩북인 미들턴 해리스의 『더 블랙 북』 편집을 담당하셨죠.

모리슨　네, 그 책을 담당하면서 굉장히 많은 공부를 했어요……. 제가 출판 일을 시작했을 때 세상에는 막 그런 종류의 종합적인 책이 나오고 있었고 민권운동으로 인해서 시장이 생겼다고 판단했어요.
그때 이미 『가장 푸른 눈』이라는 책이 나와 있는 상태였는데 50권, 100권은 팔렸나…… 200권이 채 팔리지 않았을 거예요. 1쇄를 1500부밖에 찍지 않았어요. 그래서 아프리카계 미국인의 이야기면서 좋은 책이고 인기도 있을 만한 책을 만들고 싶었어요.

그래서 이런 책을 쓸 수 있을 만한 사람을 찾다가 스파이크 해리스, 그러니까 미들턴 해리스를 만났어요. 수집가였어요. 없는 게 없었죠. 온갖 신문이며 배지, 책 등 다 갖고 있었죠. 그리고 다른 수집가들도 알고 있었어요. 그래서 한자리에 모았죠. 그 사람들은 신문 기사, 오래된 잡지를 가져왔고 온갖 일화, 이야기를 갖고 있었어요. 거기 모인 네 사람의 수집품을 가지고 특정한 구조가 없는 책을 만들자는 생각을 했어요. 음악 이야기도 넣고, 이런저런 소식, 특이한 사연, 신문 기사 등도 넣고.

수집품 중에는 마거릿 가너라는 여성에 대한 신문 기사도 있었어요. 자식들이 노예 신분으로 되돌아가는 걸 막으려고 한 아이를 죽이고 남은 아이들까지 죽이려다 붙잡혔어요. 저는 노예선이나 다른 곳에서 자녀 살해가 있었다는 얘기는 이미 알고 있었어요. 하지만 이 사건이 흥미로웠던 이유는 마거릿 가너가 미치지 않았다는 점이 사람들의 이목을 끌었기 때문이었어요. 기록에는 "아주 이성적이고 침착하다"라고 쓰여 있었죠. 비명을 지르며 히스테리를 부리는 여성이 아니었다는 거죠. 그 점에 끌렸어요.

코스비　　그렇군요. 왠지 정신이 온전하지 못했다면 오히려 그러려니 했을 것 같네요. 하지만 그런 사람들 중 정신이 온전한 사람도 많았을 것 같아요.

모리슨　　많았어요. 제정신인 사람들이 많았어요. 그럼에도 아이들을 버린 거예요. 미치지 않았는데. 노예로 산다는 것이 어떤 의미인지 깨달았고 아이들이 어떤 대접을 받게 될지 알았기 때문에 그러기로 결심한 거예요.

우리가 노예제도에 대해 종종 잊고 있는 게 있어요. 성적인 방종이 엄청난 수준이었어요. 사람들은 돈이 어쩌고, 경제가 어쩌고 이야기하지만 인간을 소유한다는 건 정말 소유한다는 거예요. 상대가 남자아이들이든 여자아이들이든 시키는 대로 하게 만들고 그러지 않으면 죽이겠다고 위협해요. 한 인간을 소유한다는 건 그런 의미예요.

코스비   랜덤하우스 출판사에서 근무할 동안 다른 아프리카계 미국인 작가들의 편집자이자 멘토로서 본인이 한 역할에 대해 이야기해주시겠습니까?

모리슨   저는 누구보다 아프리카계 미국인 작가들을 발굴하는 데 관심이 많았어요. 소속사가 없거나 소속사가 알지도 못하는 작가들 말이죠. 그래서 말하자면 그물을 던졌고 흥미로운 사람들을 많이 알게 됐어요.

마이아 앤절로1928~2014, 미국 흑인 여성 시인이자 소설가로 장편소설 『새장에 갇힌 새가 왜 노래하는지 나는 아네』로 잘 알려져 있다의 초기작들은 랜덤하우스에서 나왔어요. 저는 앤절로와 그 친구들을 만나서 누가 착실히 작업을 하고 있는지에 대한 정보를 얻을 수 있었어요. 그들을 통해서 또 다른 사람들이 연락을 해왔고요. 아무튼 저는 언제나 촉각을 세우고 있었기 때문에 토니 케이드 밤바라 같은 특별한 작가를 찾을 수 있었지요. 루실 클리프턴 1936~2010, 미국 흑인 여성 시인의 처음이자 아마도 유일한 산문 작품도 제가 출간했어요. 가족에 대한 책이었는데 제목은 '세대들Generations'이었어요. 앤절라 데이비스의 책도 제가 출간했어요. 데이비스를 알고, 만나고, 책을 함께 만들 수 있어서 정말 짜릿했어요. 휴이 뉴턴의 선집도 출간했고 무하마드 알리의 책도 출간했어요. 제 욕심으로 작업한 책도 있지만 회사에서 원하는 것도 했어요. 게일 존스라든가 헨리 뒤마는, 유진 레드먼드가 소개해줬는데 보자마자 정말 놀라웠어요. 결론적으로 작가들을 발굴하기 위해 열심히 일했습니다.

코스비　위에서 압력은 없었고요?

모리슨　어느 정도는 있었죠. 어느 정도는. 하지만 제가 하고 싶은 것을 하게 내버려뒀죠. 그러다가 리언 포러스트 같은 작가들의 경우 시장성이 없다는 걸 깨달았어요. 리언 포러스트의 책을 세 권 출간했는데 정말 아름답고 힘 있는 책이지만 굉장히 어려웠어요. 그래서 학계의 지지를 받고 있었고 랠프 엘리슨도 강력히 추천했지만 판매량은 아주 적었어요. 회사에서 그것만은 두고 보지 않았어요. 팔리지 않는 책을 출간하는 일 말이죠. 한때 그럴 수 있는 시절도 있기는 했지만요……. 적어도 어느 정도 돈이 되어야 한다고 생각했죠. 출판사들이 결국 다 그렇게 생각하게 됐어요. 그 결과가 바로 지금의 현실이죠.

작가들의 세계에서 우두머리는 항상
매우 인기가 있고 힘이 있고 능력이 좋은 남성작가였어요.

코스비 여성작가라서 겪는 어려움에는 어떤 것이 있나요?

모리슨 사람들은 여성작가라면 큰물에서 논다고 생각하지 않아요. 흑인 여성작가뿐만이 아니라 모든 여성작가가 그런 취급을 받아요. '여성 문학'이라는 게 있어요. 과거에는 그랬어요. 평단에서 말하는 '여성 문학'이라는 틀을 깨고 나오기는 항상 힘들었어요. 평론가들은 입에 발린 칭찬을 하기도 했지만 전적으로 믿기는 힘들었지요……. 작가들의 세계에서 우두머리는 항상 매우 인기 있고 힘 있고 능력 좋은 남성작가였어요. 서서히 바뀌어가고는 있지만 여성작가로서 좀 더 작은 세계에 속해 있다는 자각은 언제나 가지고 있지요.

코스비 수많은 흑인 작가가 흑인이라는 딱지가 붙는 것을 원하지 않습니다. 선생님은 기꺼이 받아들이시죠.

모리슨 맞습니다.

코스비 흑인이자 여성작가라는 딱지를요.

모리슨 그렇습니다. 딱지에 변화를 가져오기 위해서요. 저를 그 범주 밖으로 옮기고 그 범주 안에 속하지 않는다고 말하는 것은 원치 않습니다. 초반에는 평론가들, 백인 평론가들, 여성들도 이렇게 말했던 것으로 또렷하게 기억합니다. "토니 모리슨의 캔버스를 단지 흑인들의 이야기에 국한하기에는 실력이 아깝다. 정말 경쟁력을 가지려면 그 매우 작은 범위에서 벗어나야 한다." 그때는 정말 화가 났어요, 아시겠지만.

코스비   마치 백인들의 이야기가 더 보편적이라는 듯 말한 거네요.

모리슨   맞아요. 바로 그거예요. 바로 그런 의미였어요.

코스비   과거에는 아프리카계 미국인 작가들이 백인 독자를 염두에 두고 글을 썼지만 선생님은 선생님과 같은 흑인 독자들을 위해 쓴다고 말씀하신 적이 있습니다. 선생님이 독자에게 말을 거는 방식은 백인 독자를 위해 글을 쓴 아프리카계 미국인 작가들과 어떻게 다른지요?

모리슨   아주 미묘한 차이가 있습니다. 독자가 누구라는 가정은 언어 속에 들어 있습니다. 주 독자층이 백인이라고 생각하는 작가는 조금 더 설명합니다. 독자가 저 같은 사람이라면 바로 알 수 있기 때문에 설명하지 않아도 되는 것들을 굳이 설명하지요.

그래서 그런 설명에서 차이를 느낄 수 있습니다. 리처드 라이트의 글을 읽으면 알 수 있어요. 심지어 제임스 볼드윈의 글에서도 느낄 수 있습니다. 약간의 추가적인 설명이 주어짐니다. 진 투머의 『사탕수수Cane』에는 그런 게 없습니다. 굳이 부연……

코스비   설명할 의무를 느끼지 못하는 거군요.

모리슨   그렇죠. 명확하게 설명할 의무를 느끼지 못합니다. 또 다른 점은 말을 걸고 있는 대상인데, 랠프 엘리슨의 『보이지 않는 인간』의 경우 아마도 미국에서 나온 가장 중요한 책에 속한다고 할 수 있을 겁니다. 그런데 이 제목을 생각해보세요. 보이지 않는 인간. 맞는 말이기는 한데 과연 누구의 눈에 보이지 않는 인간에 대해 언급하고 있는가 하면 백인이죠. 흑인이 아니라요.

엘리슨의 작업은 그야말로 정면 대결이고 굉장히 중요하지만 이 제목은 말을 거는 상대에 대한 제 생각을 선명하게 보여줍니다. 저는 독자가 저만큼 잘 알고 있다고 가정합니다. 사실 저는 젊은 흑인 여성들로부터 이런 불만도 들었어요. 칭찬과 섞여 있기는 하지만, 『가장 푸른 눈』을 읽고 이렇게들 말하더군요. "그 책을 정말, 진심으로 좋아하지만 우리를 폭로한 것 같아서 굉장히 화가 났어요." 그럴 때면 저는 이렇게 되물었지요. "진실을 말하지 않고 어떻게 감동을 줄 수 있겠어요?" 저는 우리가 인간이라는 사실을 사죄할 만한 것으로 여기고 싶지 않아요.

요점은 우리가 매우 특별한 방식으로 마침내 승리한 아주 흥미로운 사람들이라는 사실입니다. 수세기 동안 이곳에서 우리에게 일어난 일들을 겪고도 살아남을 수 있는 사람들이 또 있을까요? 우리가 다 죽어 없어졌다고 해도 이상하지 않아요. 우리의 이야기는 단지 생존의 이야기가 아닌, 상상을 초월하는 번영의 이야기입니다. 우리가 그 모든 고초를 겪지 않았다면 어땠을지 생각해보세요. 그 결과 우리는 지금의 아주 특별한 문화를 갖게 되었고 이것은 토착의 문화입니다. 우리는 이 나라에서 새로운 세계 문화를 만들어낸 것입니다.

코스비 이렇게 멀리 왔다는 사실은 놀랍지요.

모리슨 그럼요. 놀랍고도 아름다운 이야기입니다.

코스비 『솔로몬의 노래』에는 설화와 신화의 이미지, 성경과 초자연적 이미지가 풍부하게 들어 있습니다. 이 소설을 쓸 때 자료로 삼은 글에는 어떤 것이 있는지, 그리고 가령 성경의 이미지와 아프리카 설화의 이미지를 병치함으로써 얻는 효과에 대해서 이야기해주실 수 있나요?

모리슨 아프리카계 미국인 문화를 바탕으로, 그 안에서 글을 쓰고자 했던 이유는 제 주변에 온갖 자료가 차고 넘쳤기 때문입니다. 우리 집안에서만 해도 일상의 언어가 있고 또 설교의 언어가 있었습니다. 제가 어렸을 때 사람들은 진짜로 성경을 인용했거든요. 일상 대화에서 성경 구절을 들을 수 있었어요. 노래 가사를 인용하기도 했지요…… 우리 엄마는 노래를 기가 막

히게 했어요. 세상 그렇게 좋은 목소리가 없었죠……. 게다가 하루 내내 노래를 했어요. 그런 시절이 있었어요. 그냥 걸어 다니면서도 노래를 하던 시절, 라디오와 텔레비전이 없을 때는 그랬어요. 거리를 거닐기만 해도 노랫소리가 들려왔어요. 뒤뜰에서도 주방에서도 들려왔어요. 우리 엄마만 그런 것도 아니에요. 이모들도 그랬고, 다 그랬어요.

『솔로몬의 노래』 같은 글을 쓸 때 당시에 이미 북부 도시에 존재하던 그런 풍족한 문화를 바탕으로 하고 싶었어요……. 노래 속에 역사가 있었고 서로 들려주던 온갖 일화들 속에도 역사가 있었어요.

이 소설은 1963년에 멈추어요. 저는 민권운동이 시작되면서 여러 가지 일들이 터지고 많은 사실이 좀 더 분명하고 또렷해지기 전의 상황을 그리고 싶었어요. 노래와 이야기가 우리가 가진 정보의 바탕이었어요.

누구나 들어올 수 있다면
파라다이스가 아니잖아요?

모리슨   제가 증조할머니 이야기를 한 적이 있죠? 할머니는 정말 정말 검었어요. 아주 검었어요. 피부가 까맣고 키가 아주 크고 아주 무서웠어요. (웃음) 하지만 정말 많은 사랑을 받으셨지요. 할머니는 미시간주에 사셨는데 그 주 방방곡곡에서 사람들이 할머니의 조언을 구하러 왔어요. 그런 할머니가 우리한테, 그리고 당신의 딸한테 이렇게 말씀하셨어요. 우리가 "섞였다정확히는 백인에 의해 건드려졌다(tampered with)는 의미"고요. 우리 피부가 할머니처럼 검지 않다고요. 피부색이 '섞였다'. 더 이상 순수하지 않다고 말씀하셨지요. 굉장히 큰 상처가 됐어요.

코스비   "섞였다"라는 말을 쓰셨어요?

모리슨   '섞였다', '더렵혀졌다'고 말씀하셨어요. 할머니 자신은 그렇지 않았다는 거죠. 그때는 제가 어렸어요. 대학에 갔을 때 다시 피부색에 의한 역차별을 목격했고 할머니가 떠올랐어요. 제가 본 가장 억척같은 사람이자, 제 피부색이 순수하지 않다고 말했던 사람 말이지요.

아무튼 『파라다이스』를 쓰고 있을 때 신문에서 어떤 기사를 읽었어요. 새로 생긴 마을을 찾아갔다가 쫓겨난 노예들에 대한 기사였어요. 이후에 관련된 기사를 더 찾아 읽었죠. 당시 오클라호마주 전역에서 발행되는 여러 신문에서 새로운 영토를 마련했으니 와서 정착하라는 광고를 냈었어요. 새로 마을을 이룬 사람들의 사진도 실려 있었죠. 다들 피부가 밝은 사람들이었어요. 한 무리는 이 마을에 정착하기 위해서 굉장히 먼 거리를 걸어갔는데 거부당했어요. 돈이 없었기 때문이에요. 마을에서도 군식구를 늘릴 수는 없었어요. 정말 흥미로운 것이 이 당시 사람들은 다들 "복지는 정말 끔찍해. 모든 흑인이 복지 혜택을 받고 있어"라고 말했거든요. 저는 기가 막혔어요. 그래서 등장인물을 다 순수한 흑인들로 만들었어요. 약간 비틀어서 다들 아주 자부심이 강하고, 순수하고, 그 순수

라마 워포드(1982)

성을 유지하려는 사람들로 만들었어요. 정착을 거부당한 사람들이 정반대의 역할을 맡게 된 거지요. 그것이 파라다이스의 성질이잖아요? 누구나 들어올 수 있다면 파라다이스가 아니잖아요? 그 역사적 시대와 저항에 대해서 발언하기 위한 설정이었어요. 『사랑』에서도 어느 정도 이어갔어요. 특정한 아프리카계 미국인들이 모든 종류의 진보에 보였던 저항에 대해 이야기했죠.

코스비　　본인의 피부색에 자신감을 갖게 된 건 언제인가요?

모리슨　　여전히 없어요.

코스비　　아직도요?

모리슨　　그거 아세요? 제가 아는 사람 중에 저와 같은 생각을 하는 사람이 하나 더 있었는데 바로 토니 케이드 밤바라예요. 제 친구이기도 했던 밤바라에게 이 얘기를 했더니 이렇게 말하더군요. "저도 제 사진을 볼 때마다 항상 놀라요. 제가 느끼는 제 피부색은 훨씬 더 어둡거든요." 저도 같은 생각을 해요. 책 뒤표지에 나온 제 사진을 보거나 할 때면 생각해요. 왜 이렇게 하얗지? (웃음)

코스비　　증조할머니의 말이 가진 힘이 굉장히 강력하군요.

모리슨   이제 더 강력해졌어요. 왜 그런지 아세요? 저는 평생 제 혈통에 백인 피가 없다고 말하고 다녔거든요. 제가 가진 흑인 이외의 핏줄은 인도 핏줄이에요. 어머니의 할머니가 인도 여성이었어요. 그런데 하루는 아들이랑 전화 통화를 하는데 이렇게 말하는 거예요. "그 모건이라는 사람은 그러면 누구예요?" 모건은 제 친할머니의 결혼 전 성이에요. "그 백인은 그럼 누구예요?" 저는 도대체 무슨 소리냐고 물었죠. 우리 조상 중에 백인 남자는 없다고요. 아들은 제가 정신이 깜박깜박하는 모양이래요. 일흔셋이니까 그럴 만도 하죠. 그래서 기억 못 하는 게 없는 언니한테 전화를 했더니 아들 말이 맞아요. 모건 목사라는 사람이 있었어요. 백인 남성인데·캐리 할머니와 결혼해서 아이를 열 명 낳았대요.

코스비   캐리 할머니는 흑인 여성이고요?

모리슨   맞아요. 결혼도 했고 아이가 열 명이었어요. 5남 5녀. 거기서 모건 성을 가진 자손과 워커 성을 가진 자손이 나왔어요. 겨우 한두 주 전쯤에 깨달은 사실이에요.
어떻게 깜박한 건지 모르겠어요. 그냥 기억에서 지워버린 것 같아요. (웃음) 인종차별은 이렇게 끔찍한 거예요. 인종차별을 들고파는 동안에도 들고파기 힘든 것이 인종차별이에요. 저는 이것만을 연구하는 중이잖아요. 그러는 중에 갑자기 깨닫는 거죠. 제 혈통에 백인 피는 없다는 이야기를 날조했다는 사실을 말이에요.

코스비   아드님이 알려주셔서 다행이에요.

모리슨   맞아요. 아들이 기억했어요.

솜털, 베일, 꽃

예술계나 사회의 혁명가들이 생전에 높이 칭송받는 일은 흔하지 않다. 대개 문화적으로 혁신적이었던 사람들에 대한 미국의 평가는 기껏해야 뒷눈질에 그친다. 그래서 토니 모리슨에게 수여된 다수의 영예를 볼 때 누군가는 의구심을 품을 수도 있다. 모리슨의 기록이 미국의 정체를 꿰뚫어 보는 한층 어둡고 괴로운 이야기보다는 그저 듣기 좋게 포장한 사건들의 연대기는 아닐까. 오하이오주 로레인 출신의, 올해로 81세인 모리슨은 1988년 퓰리처상을 수상했고 1993년에는 흑인 여성으로는 처음으로 노벨문학상을 받았다. 그뿐만 아니라 버락 오바마와 오프라 윈프리를 비롯한 모리슨의 팬들이 숨 쉴 새 없이 보내는 찬사를 보면 기성문단에서 모리슨의 입지가 굳건하며 그런 모리슨의 소설이 충분히 도발적이거나 비판적이지 못할 것이라고 생각하기 쉽다. 하지만 이 모든 가정은 말도 안 되는 착각이다. 문학이라는 지형 위 모리슨의 여정

이 인터뷰는 2012년 3월 발행된 잡지 〈인터뷰〉에 수록되었다. 인터뷰어 크리스토퍼 볼렌은 〈인터뷰〉의 전 편집장으로 〈아트포럼〉 〈뉴욕 타임스〉를 비롯한 여러 매체에서 예술 담당 기자로 일했다. 『벼락 관리자Lightning People』 『오리엔트Orient』 『파괴자들The Destroyers』 『아름다운 범죄A Beautiful Crime』 총 네 편의 소설을 집필했다.

은 언제나 저항의 여정이었다. 1970년에 첫 소설 『가장 푸른 눈』을 출간했을 때 39세였던 모리슨은 뉴욕시 퀸스에서 홀로 두 아들을 키우며 랜덤하우스 출판사의 편집자로 일하고 있었다. 그 이후로 지금까지 줄곧 모리슨의 소설은 꿋꿋이 폐부를 찌르고 그 규모는 거의 성서에 비할 만하다. 모리슨의 언어는 간결하지만 모든 빛깔과 묘사에, 그가 그려내는 모든 정서적, 집단적 학살에 좀처럼 그치지 않는 울림이 있다.

모리슨의 문학이 인종차별과 성차별이라는 전 미국적인 문제를 다루고 있었다는 사실은 두말할 필요도 없지만 모리슨의 작업은 또한 당시 만연해 있던 리버럴 지식인들의 굳은 믿음, 특히 흑인 인물은 무조건 긍정적으로 그리려고 했던 흑인 운동 내의 풍조, 그리고 어머니로서 사는 삶의 중요성을 비하하는 경향이 있었던 페미니즘 제2의 물결 등에 저항하기도 했다. 모성이라는 주제는 모리슨의 1987년작 『빌러비드』에 뚜렷하고 정교하게 구축되어 있기도 하다.

백인의 주인 서사라는 틀 안에서 글을 쓰는 것을 거부하는 데에도 용기가 필요하지만 그에 대항하는 가장 뻔하고 간편한 서사를 따르지 않는 데도 용기가 필요하다. 이번 달에 발표 예정인 최신작 『고향Home』에서 모리슨은 한국전쟁에 참전했다가 귀국한 병사 프랭크 머니의 이야기를 들려준다. 그는 여동생 씨Cee가 백인 의사의 생체실험에 잔인하게 희생되는 것을 막고자 시애틀의 한 병원에서 조지아주까지 먼 길을 간다. 그리고 그 길에서 난폭하고 심각한 분리 정책이 있는 1950년대 미국을 발견한다. 그럼에도 그곳에는 드물게 관용과 희망, 고향이 어렴풋이나마 존재한다.

3월의 어느 따뜻한 봄날 아침, 나는 뉴욕시에서 북쪽으로 두 시간 정도 거리에 위치한 토니 모리슨의 자택으로 차를 몰았다. 모리슨의 집은 허드슨강 강변에 자리하고 있어서 동쪽으로 전망이 넓으며 여기서는 캔틸레버 방식으로 시공한 작은 잿빛 다리도 보인다. 모리슨은 2006년 프린스턴대학교를 마지막으로 강단에서 은퇴하고 2011년에 뉴저지주 자택에서 나와 현재는 이 강변 주택을 주 거처로 삼고 있다. 빛이 충만한 실내에는 몇몇 유명한 상패가, 그리고 별로 유명하지 않은 상패도 놓여 있다. 노벨문학상 증서는 탁자 위에 펼쳐져 있고 욕실 근처 벽에는 안토니아 프레이저1932~, 영국의 여성작가가 남편 해럴드 핀터와 함께 보내 온 편지가 액자 속에 들어 있다. 『빌러비드』의 출간을 축하하며 쓴 편지에는 소설이 너무 슬픈 나머지 "주말을 망쳤다"라고 쓰여 있다.

모리슨은 두 가지 빛깔의 회색이 섞인 스웨터를 입고 있으며 익숙한 반백의 머리카락 위로 보라색 손수건을 쓰고 있다. 모리슨의 얼굴은 요즘 좀처럼 보기 힘든 놀라운 골격을 갖고 있다. 단단하고 예리한 얼굴, 미래의 우표 모델로서 완벽한 얼굴이다. 모리슨의 목소리에는 강력한 울림이 있어서 그 목소리로 읽는다면 내 렌터카 계약서마저도 아주 중대한 문서처럼 느껴질 것 같았다. 그런데 정말 중대한 것은 바로 모리슨의 말이다. 모리슨의 명성, 그가 받은 문학상, 주류 학자로서 그가 강단에서 갖는 위상은 모두 스스로 쟁취한 것이다. 하지만 강단에는 의미가 없다. 중요한 것은 여전히 모리슨의 말이다.

볼렌 저건 무슨 다리인가요?

모리슨 태펀지 다리예요. 자꾸만 저 다리를 해체하고 다른 다리를 짓겠다고 하고 있는 중이죠. 1950년대 저 다리를 짓는다고 나이액허드슨강 주변의 작은 도시의 절반을 날려버렸어요. 다리도 타협

끝에 너무 낮게 지었어요. 말하자면 전망을 망칠까 봐 그랬을 거예요. 문제는 거기서 스스로 목숨을 끊으려는 사람들이에요. 게다가 그 사람들은 죽지 않고 척추 손상만 입는 경우가 많아요.

볼렌   다리가 너무 낮아서요?

모리슨   네, 너무 낮기 때문이죠. 지금은 거기에 전화를 설치해놨어요. 만약에 다리 중간에 차가 서 있는데 사람이 아무도 없다면…….

볼렌   제가 어디서 읽기로는 자살을 시도하는 사람이 가장 많은 다리는 골든게이트인데 대다수가 바다가 아닌 도시 쪽을 바라보고 뛰어내린다고 합니다. 이상하지 않나요? 복잡한 해안 쪽이 아닌 열린 바다 쪽을 바라보면 더 좋지 않을까 싶은데요.

모리슨   맙소사.

볼렌   대학원 졸업논문으로 버지니아 울프의 자살에 대해 쓰지 않으셨나요?

모리슨   울프와 포크너에 대해 썼어요. 당시에는 포크너를 많이 읽었지요. 모르실 수도 있지만 1950년대에 미국 문학은 신문학이 있어요. 반항문학이었죠. 원래 영문학은 영국 문학만을 의미했습니다. 다만 몇몇 아방가르드파 교수들은 미국 문학을 중요하게 취급했어요. 지금 생각하면 재미있어요.

볼렌   당시 아프리카계 미국인들의 작품도 가르쳤나요?

모리슨   흑인 대학교에서도 아프리카계 미국인 작가들의 작품을 가르치지 않았어요! 저는 하워드대학교를 나왔거든요. 저는 교수님한테 셰익스피어의 작품에 나오는 흑인들에 대한 논문을 써도 되는지 물어본 적이 있었죠. (웃음) 교수님은 그걸 굉장히 짜증스러워하셨어요! "뭐가 어째?!" 굉장히 하찮은 주제라고 생각하신 거죠. "아니, 그런 건 하지 않아. 그건 너무 부차적이랄까…… 아무것도 아니야."

볼렌   최근에 『오셀로』의 데스데모나를 바탕으로 희곡을 쓰셨는데요. 제가 상상도 못 했던 관점을 제시하셨어요. 데스데모나는 유모 바버리의 손에 컸기 때문에 오셀로와 결혼하기 전부터 흑인성을 경험한 배경이 있다는 관점이었죠. 이 사실은 『오셀로』라는 작품을 색다르게 보이게 만들어요. 데스데모나가 어떤 생각을 하고 있었고 자신의 위치를 어떻게 이해하게 되었는지에 관해서 말이죠.

모리슨   그리고 데스데모나가 어떤 것에 경계심을 느낄지에 대해서도 다시 생각해보게 되죠. 몇 년 전 베네치아에서 비엔날레 후원자들과 저녁 식사를 하는 자리에 있었는데요. 한 사람이 이렇게 말했습니다. "우리 유럽에는 그 인종문제라는 게 없지 않습니까." 그때 제가 좀 피곤했나 봅니다. 그러지 말았어야 하는데 이렇게 대답했죠. "없죠. 그쪽 쓰레기를 죄다 우리 쪽으로 버렸으니까요." 연극연출가 피터 셀러스가 제 건너편에 앉아 있었는데 눈이 휘둥그레졌어요. 만찬장 벽면에는 굉장히 아름다운 태피스트리가 걸려 있었는데 그중 하나에는 왕처럼 보이는 덩치가 큰 흑인 남자가 그려져 있었어요. 과거에 문제가 됐던 것은 계급이었죠. 무어인이 베네치아에 오는 건 문제가 되지 않았습니다. 저는 그때부터 『오셀로』에 대해 생각하기 시작했던 것 같아요. 피터는 저와 처음 만났을 때 『오셀로』는 절대로 하지 않겠다고 했지요. 너무 납작하다고 했어요. 그래서 제가 그랬어요. "공연이 그런 거지 희곡 자체는 그렇지 않아. 정말 흥미로운 희곡이야."

볼렌 1950년대를 신작의 배경으로 삼게 된 이유는요?

모리슨 1950년대를 덮은 솜털과 베일과 꽃을 걷어내보고 싶은 마음이 막연하게 있었어요. 그 시절은 정말 그랬을까? 이렇게 생각했던 것이죠. 그 시대가 저의 시대였거든요. 제가 지금 81세니까 1950년대에 저는 젊고 겁 없는 여성이었어요. 하지만 1950년대는 도리스 데이1922~2019, 1950년대 미국 백인 여성 배우이자 가수 혹은 〈매드맨1960년대 미국의 한 광고 회사를 배경으로 하는 텔레비전 시리즈〉 유의 흐릿한 안개 속에 갇혀 있어요.

볼렌　　더글러스 서크[1897~1987. 1950년대 활동한 영화감독]가 빚어낸 시대 말이죠.

모리슨　　네, 저는 그 시절이 그렇지 않았다고 생각했어요. 그 시절이 정말 어땠는지 생각해보기 시작했죠. 한국전쟁이 벌어지던 시절이었어요. 당시에는 '경찰 행동police action'이라고 불렀지 전쟁이라고 하지 않았어요. 병사 5만 3천 명이 전사했는데도 말입니다. 한편으로 1950년대에는 매카시 의원[미국 상원의원 조지프 매카시는 이른바 '공산주의자'를 색출하겠다는 명목으로 마녀사냥을 한 일로 유명하다]이 있었습니다. 또한 진영을 불문하고 도처에서 흑인이 살해당하고 있었습니다. 1955년에는 에밋 틸[흑인 소년 에밋 틸의 린치 사건은 흑인민권운동을 촉발한 원인 중 하나로 알려져 있다]이 살해당했고 그 후 인체 실험에 대한 정보도 수면 위로 올라왔습니다. 군인을 대상으로 벌어졌던 LSD 환각제 실험에 대해서는 이제 알려졌지만 터스키기에서 흑인 남성을 대상으로 의료서비스를 제공해준다고 속이고 매독 실험을 했던 일이 있었습니다.

볼렌　　실험용 쥐 취급을 당한 거네요.

모리슨　　개발도상국에서는 여전히 그런 일이 벌어집니다. 하지만 이 네 가지 사건이 1960년대와 1970년대를 만들어낸 주된 씨앗처럼 느껴졌어요. 그걸 살펴보고 싶어서 한국전쟁 참전으로 정신적외상을 입은 남자를 설정했습니다. 남자의 여정은 마지못해 오른 여정입니다. 남자는 고향인 조지아[주]로 돌아가고 싶지 않았어요. 그곳은 남자에게 또 다른 전쟁터였죠.

볼렌 이 책은 시애틀에서 시작합니다. 솔직히 말하자면 저는 분리 정책이나 인종문제를 언제나 남부와 북부로 갈린 문제로 봤습니다. 북서부 태평양 연안에서의 차별에 대해서는 생각해본 적이 없는 것 같습니다.

모리슨 담당 편집자도 의문을 가졌는데 다 제가 조사한 내용입니다. 책에서 언급하는 땅은 모두 보잉Boeing사 소유였습니다. 문서에는 이렇게 기록되어 있었습니다. "유대계, 아시아계, 아프리카계 등은 임대도 매수도 할 수 없다. 개인 가정에 고용된 경우에 한해서 거주할 수 있다." 편집자는 이렇게 말했죠. "몰랐어요. 우리 북부 사람들은 이런 일은 남부에서나 있는 줄 알아요." 제가 되물었지요. "우리 북부 사람이라니요? 저도 북부 사람이에요." 그랬더니 편집자가 말했지요. "그러니까 제 말은 우리 북부 백인들이라는 의미인가 봅니다." 이건 관행, 법이 아닌 관행의 문제이죠. 그런 다음 편집자가 주인공이 흑인이라는 것에 대해서 뭐라고 말을 해서 제가 물었죠. "주인공이 흑인이라는 걸 어떻게 알 수 있어요?" 그랬더니 그냥 알았다고 하더군요. 그래서 제가 말했습니다. "어떻게요? 전 한 번도 언급하지 않았거든요. 명시하지 않았어요. 저는 그냥 어떤 일이 벌어지는지 설명했을 뿐인데요. 이 화장실에는 들어갈 수 없고……." 모든 일은 막의 저편에서 펼쳐집니다. 이 인물은 주어진 상황을 당연시하고 거기 대응할 뿐입니다. 화장실에 들어갈 수 없다고 시위를 벌이는 사람은 아닙니다.

볼렌   우리는 1960년대의 격변을 낭만화하듯 1950년대의 안정을 낭만화하는 경향이 있습니다. 몽롱한 정신으로 그린 듯한 어떤 소비자 친화적인 1960년대의 모습이 그 시대에 실제로 벌어졌던 사회적변화를 가려놓았다고 말씀하신 적이 있습니다. 『고향』은 대중이 선호하는 모습에서 벗어난 1950년대를 그리려는 시도인가요?

모리슨   미국의 서사가 무언가를 감추고 있었거든요. 당시의 서사는 과도한 행복의 서사였습니다. 전후 시대였고 모두가 돈을 벌고 있었고 코미디는 전성기를 맞았습니다……. 저는 자꾸만, 그런 식의 집요한 주장이 부자연스럽다는 생각을 떨칠 수 없었어요. 그래서 그 시절 저는 어땠는지 생각해보기 시작했습니다. 당시 제가 받은 인상에 대해서요. 그랬더니 생각보다 모르는 게 많다는 사실을 깨닫기 시작했습니다. 더 살펴볼수록 보기 좋지 않은 것들이 자꾸 드러났어요. 어느 나라나 그렇지만 당시 미국은 모든 걸 말끔하게 만들고자 애쓰고 있었어요. 사람도 이렇게 생각할 때가 있지요. "나를 자랑스럽게 여기고 싶어!" 하지만 그건 나의 부족함, 그리고 내가 타인에게 입힌 상처, 혹은 타인이 내게 입힌 상처를 인정할 때만 가능합니다. 인정하면 내가 그걸 이겨냈기 때문에, 마주 보고 대처했기 때문에 자랑스럽게 여길 수 있습니다. 하지만 자신감 속으로 냅다 뛰어들 수는 없습니다. 어느 나라든 아이들에게 애국을 가르칩니다. 왜 그러는지 이해합니다. 하지만 그렇다고 해서 진실을 흐려서는 안 됩니다. 저는 랜덤하우스로 옮기기 전에 L.W. 싱어 출판사의 교과서 편집자로 1년을 일했습니다. 고등학교 문학 교과서를 편집했어요. 텍사스주 교과서에는 본문에 '남북전쟁'이라고 명시할 수 없었어요. '주 정부 간의 전쟁'이라고 적어야 했습니다. 그뿐만 아니라 월트 휘트먼1819~1892, 형식을 타파하는 시로 미국 문학과 국민정신에 많은 영향을 끼친 시인. 백인 남성이지만 노예제도의 연장에 반대하는 입장이었다의 시에서는 온갖 단어를 삭제해야 했어요. 텍사스주에 교과서를 팔기 위해서는 온갖 주의 사항을 지켜야 했습니다. 아직도 그러고 있어요. 그게 종교와 관련된 내용이라는 사실만 달라졌습니다. '노예제도'라는 말도 무역 관련 용어로 대체한 것으로 알고 있습니다.

볼렌 아이들 교육이 아니라 재교육에 관심이 있는 것이겠죠.

모리슨 『고향』을 쓴 또 다른 이유는 남자와 여자의 순수한 관계라는 관념에 깊은 관심이 생겼기 때문입니다. 더럽혀지지 않았고 어떤 위험도 내포되지 않은 순수한 관계 말이죠. 그것이 남자와 그의 어머니, 애인, 아내, 혹은 딸과의 관계라면 거기에는 항상 추가적인 층위가 있습니다. 남매 관계라면 그런 것이 없을 수 있다고 생각했어요. 남자는 성적인 짐에 얽매이지 않고 남성적이고 보호적일 수 있을 것 같았습니다. 저는 이런 헨젤과 그레텔 같은 면에 굉장히 매료된 거죠. 그리고 동생을 구하기 위한, 온갖 폭력이 난무하는 여정을 설정했습니다.

볼렌 고향으로 돌아오는 여정 때문에 제목이 '고향'인가요? 소설
의 시작에서 프랭크 머니의 가문은 원래 살고 있는 텍사스의
작은 마을에서 24시간 내에 떠나지 않으면 죽임을 당한다는
통보를 받습니다. 그런 식으로 쫓겨난 이후에 고향은 무슨 의
미일까요?

모리슨 흔히 있던 일입니다. 그런 식으로 '소탕된' 행정구역을 살펴
보는 흥미로운 책을 읽었습니다. 다수가 텍사스주의 행정구
역이었어요. 팔레스타인 사람들과 비슷한 경우입니다. 무작
정 떠나라는 말을 들었고 떠나지 않으면 죽임을 당했습니다.
그래서 이주가, 강제 이주가 시작됐습니다. 그런데 소설 제목
은, 제가 정말 제목 짓는 데는 소질이 없어요.

볼렌 무슨 말씀이신가요. 제목이 다 좋은데요. 정제되고 독창적이
면서도 꽉 막히지 않은 감성을 담고 있어요. 하지만 '고향'이
라는 제목은 많은 것을 약속하고 있기도 해요.

모리슨 책을 쓸 때는 '프랭크 머니'라고 이름 붙였습니다. 담당 편
집자가 바꾸자고 제안했어요. 『솔로몬의 노래』를 썼을 때
도 제가 지은 제목은 달랐습니다. 소설가 존 가드너가 저한
테 그 제목을 쓰라고 했어요. 누군가 처음 "솔로몬의 노래"라
고 했을 때 저는 "그건 영 아니에요!"라고 했어요. 크노프 출

155

판사 사무실을 방문했는데 마침 거기 있던 존 가드너가 말했죠. "솔로몬의 노래, 정말 멋진 제목인데요! 그 제목으로 하세요!" 저는 "정말 괜찮아요?"라고 물었고 가드너가 그렇다고 해서 저도 알겠다고 했죠. 가드너가 가고 나서 생각했어요. '내가 왜 저 사람 말을 신경 쓰지? 저 사람 책 제목은 태양의 대화The Sunlight Dialogues잖아. 저 사람 책 제목은 한 번도 좋았던 적이 없었어!' (웃음) 하지만 이미 정해진 뒤였어요.

볼렌   『술라』의 중쇄본에 실린 머리말을 보면 이 소설을 쓸 때 아이 둘을 키우면서 랜덤하우스 출판사의 전업 편집자로 일하느라 부담이 한층 심했다는 이야기가 있습니다. 당시는 퀸스에 거주하고 계셨고요. 오늘날에는 젊고, 대학을 갓 졸업한 작가를 떠받드는 느낌이 있습니다. 하지만 훨씬 더 나이가 들어서, 중년에 전업 직장인으로 식구를 먹여 살리며 애써 책을 쓰는 쪽이 더 힘들 것 같은데요.

모리슨   저는 서른아홉에 시작했습니다.

볼렌   이런 만만치 않은 상황에서 글을 쓰던 시절 매일 아침 일어나 빈 종이를 마주하면서 느끼는 감정은 절망감이었나요, 해방감이었나요?

모리슨   해방감이었죠. 저는 두 영역에서 완전한 자유를 누릴 수 있었습니다. 한쪽은 아이들 덕분이었어요. 아이들만이 유일하게 저한테 말도 안 되는 걸 요구하지 않았어요. 요구가 없지는 않아도 아이들은 제가 관능적이든 말든, 유행을 따르든 말든 상관하지 않았어요. 저는 여러 가지 면에서 평가의 대상이 되었지만 아이들은 상관하지 않았지요. 다른 건 몰라도 출판계에서 일하는 여성으로서 어떤 야망을 가졌느냐에 따라 평가를 당할 때였죠. 아이들은 제가 기본적인 것들만 잘 챙겨주는 한 단지 정직하고 재미있고 능력 있는 사람이길 원했어요. 저한테는 그게 단순했습니다. 밖에서는 더 복잡했어요. 하지만 진정한 자유는 글쓰기에서 왔습니다. 아무도 저한테 이래라 저래라 하지 않았거든요. 제 세상이고 제 상상력이었어요. 평생 그래왔습니다. 지금까지도요.

때로는 꼼짝하지 못할 때도 있습니다. 아들이 두 해 전에 세상을 떠났어요. 저는 글쓰기를 멈추었다가 문득 이런 생각이 들었습니다. 내가 저 때문에 글쓰기를 그만둔 걸 알면 아들 기분이 나쁠 것 같았어요. "엄마, 난 죽었으니까 제발 글은 계속 쓰면 안 돼……?" 할 것 같았죠. 거기에 생각이 미치자 『고향』을 끝낼 수 있었습니다.

하지만 단지 해방감만 있는 건 아니에요. 저한테 이것은 배움입니다. 『고향』은 남성의 시점에서 썼습니다. 진지하게 남성의 시점에서 쓴 것은 『솔로몬의 노래』가 처음이에요. '남자들은 정말 어떤 사람들일까? 속으로는 정말 어떤 생각을 하고 있을까?' 궁금했어요. 아버지가 돌아가신 직후였는데 이렇게 생각했던 기억이 납니다. '아버지는 뭘 알고 있었는지 궁금하다.' 그런 뒤에는 안도감이 들었습니다. 언젠가는 알 수 있을 것 같았으니까요. 아버지한테 적절한 질문을 던졌으니까 언젠가 답이 올 것이라고 생각했어요. 실제로 그랬습니다.

또 이런 생각도 도움이 됐습니다. 흑인 남성작가들은 저들과 저들 삶에 무엇이 중요한지에 대해 씁니다. 그리고 그것은 바로 억압하는 존재, 즉 백인 남성입니다. 그들의 삶을 골치 아프게 만드는 존재는 곧 백인 남성이거든요. 그런데 흑인 여성작가는 그러지 않는다는 사실을 깨닫게 됐습니다. 1920년대에는 그랬을지 몰라도 동시대 작가들은 안 그랬어요. 저도 백인 남성에게는 관심이 없었어요. 갑자기 백인 남성의 시선을, 백인 여성도 마찬가지지만 무엇보다 백인 남성의 시선을 세상에서 없앴더니 자유로워졌어요! 어떤 생각을 해도, 어딜 가도, 어떤 상상을 해도 괜찮았어요. 주인의 시선에서 바라보는 문제가 사라졌어요. 주인의 시선에서는 언제나 무언가를 입증해야 했거든요. 그런데 그러지 않아도 된다는 것은……. 제가 이처럼 신나서 글을 쓰는 이유는 글쓰기가 글을 쓰는 동시에 읽는 행위이기 때문일 거예요. 그래서 퇴고 과정이 그처럼 오래 걸리는 것이고요. 읽기 때문입니다. 거기 들어가서 읽어요. 저는 친밀감을 굉장히 중요하게 여기고 독자들도 그걸 중요하게 느끼길 바랍니다.

아침 7시쯤 저한테 연락을 해서
제가 노벨상을 탔다고 했어요.
전 생각했어요. '무슨 소리야?'
친구가 헛것을 봤다고 생각했어요.

볼렌   백인 남성 독자를 친절하게 안내하는 책을 쓰지 않는다고, 그러니까 '로비'를 제공하지 않는다는 말씀을 하신 적이 있습니다. 주류 백인 독자들이 느끼는 가치나 시장성, 흥미를 기준으로 글을 쓰고 그 글을 재단하지 않아도 된다면 정말 자유로울 것 같습니다. 그렇지만 출간 자체가 어려웠을 테니 두 배의 위험을 감수하신 것일 텐데요.

모리슨   출간을 목적으로 하지는 않았습니다. 퀸스로 이사 오기 훨씬 전부터 워싱턴 D.C.에서 강의를 하고 있었는데 제 주변에는 진지한 작가와 시인 들이 있었습니다. 우리는 작은 모임에서 한 달에 한 번씩 만나서 자기가 쓴 글을 읽었어요. 저도 제가 오래전에 써놓았던 것들을 가지고 가서 읽고 다른 사람들의 평을 들었어요. 하지만 읽을 것이 없으면 그 자리에 갈 수가 없었어요. 저는 오래전에 써두었던 것 말고는 없어서 푸른 눈을 원하는 흑인 소녀에 대한 짧은 소설을 썼지요. 어렸을 때 직접 목격한 사건을 바탕으로 하는 이야기였어요. 모임에서 이 소설에 대해 이야기를 나누었고 쓰는 과정도 즐거웠어요. 그리고 이 모임에 나오는 음식이 정말 맛있었어요! 그 뒤로는 잠시 묻어뒀어요. 그러다 시러큐스로 이사를 왔죠. 둘째가 겨우 6개월일 때였어요. 그때 애들이 일어나기 전에, 그리고 애들을 재운 다음에 그 소설에 살을 붙였어요. 뭐든 할 일이 필요했어요.

볼렌   새벽부터 일어나 글을 쓰신다는 사실은 유명한데요.

| 모리슨 | 아침에는 머리가 잘 돌아갑니다. 그런 일과는 농부들의 일과를 닮았죠. 해 뜨기 직전에 일어나 있는 걸 좋아합니다. 아무튼 『가장 푸른 눈』을 끝낸 뒤 몇몇 사람에게 글을 보냈어요. 대부분은 엽서를 보내 출간을 거절한다는 뜻을 간단하게 알려왔죠. 그런데 한 곳에서 편지가 왔어요. 누군가 제 글을 진지하게 읽고 거절 이유를 적은 편지를 쓴 겁니다. 그 편집자는 여성이었어요. 문체가 괜찮다고 칭찬을 해줬어요. 그리고 이렇게 덧붙였죠. "하지만 시작이 없고 중간도 없으며 끝도 없다." 저는 그 편집자가 틀렸다고 생각했어요. 하지만 해냈다는 사실에 전율이 느껴졌어요. 그러다 작가 클로드 브라운이 홀트 라인하트 윈스턴 출판사 직원을 저한테 소개해줬어요. 이 시절은 백인들은 꺼지라는 식의 책이 속속 나오던 시절이었어요. '백인 꺼져' 운동은 여러 공격적인 주제를 아우르고 있었는데 하나는 '흑인은 아름답다'였어요. 저는 이렇게 생각했어요. '저건 또 뭐지? 누구 들으라고 하는 말이지? 나? 내가 아름답다고?' 그런 다음에는 이렇게 생각했죠. '잠깐만 있어봐. 나의 아름다운 흑인 여왕님이 어쩌고 하기 전에 현실이 과연 어땠는지 내 말을 한번 들어봐!' (웃음) 인종차별은 자기혐오를 만들어내거든요. 그건 굉장히 고통스러워요. 사람을 망칠 수 있어요. |

| 볼렌 | 파란 눈을 갖고 싶어 하고 자신이 못생겼다고 생각하는 소녀의 이야기를 하는 첫 번째 소설은 그러면 "흑인은 아름답다"라고 주창하는 조류를 거스르고 있었군요. 그렇다면 비판적 |

인 목소리를 내던 평론가들은 주로 흑인 공동체에서 나왔겠
네요?

모리슨   맞습니다. 굉장히 싫어했어요. 제가 들은 가장 마음에 드는
호평은 평론가가 아니라 학생한테서 나왔어요. "저는 『가장
푸른 눈』을 재미있게 읽었지만 선생님이 이런 책을 썼다는
사실에 굉장히 화가 났어요." 저는 왜냐고 물었고 그 여학생
은 이렇게 말했습니다. "이제 다 들통났으니까요." 하지만 대
다수가 알아주지 않았어요. 그런 분위기에서는 아무도 읽지
않을 것이라고 생각했어요. 초판은 1200부, 아니 1500부 찍었
어요. 저는 400부 정도 팔릴까 싶었어요. 버리는 책이었어요.
그러다 놀라운 일이 벌어졌어요. 아마 시티칼리지^{뉴욕시립대} 소
속의 시티 칼리지 오브 뉴욕 덕분이었던 것 같아요. 책이 1970년에
출간되었는데 시티칼리지에서 모든 신입생의 교육과정에 여
성과 아프리카계 미국인의 책을 포함하기로 결정했어요. 그
리고 제 책이 그 목록에 있었어요. 그해뿐만이 아니라 그 뒤
로 계속 교육과정의 일부였던 거예요!

볼렌   "국민 소설가"라고 불리기도 하고 "미국의 양심"이라고 불리
기도 했습니다. 사실, 월트 휘트먼을 제외하고 선생님처럼 미
국의 목소리를 대변하라는 요청을 받은 작가도 없을 것 같습
니다. 그것이 때로는 선생님만의 글쓰기를 방해하지는 않나
요? 그런 극도의 성공이 오히려 구속이 되지는 않는지요?

모리슨 노벨문학상을 받은 뒤로는 약간 곤란하기는 했어도 이미『파라다이스』를 집필하고 있었어요. 천만다행이었죠. 상에 걸맞은 무언가를 새로 창작하지 않아도 됐으니까요. 이제는 좋은 것만 챙깁니다. 원한은 잊지 않지만 그 밖에는 좋은 것만 챙깁니다. (웃음)

볼렌 미국 수상자의 경우 노벨상위원회가 새벽에 전화를 해서 잠을 깨운다는 낭만적인 시각이 있습니다. 그런 일을 겪으셨나요?

모리슨 아니요. 방식이 바뀌었어요. 훨씬 더 발전했어요. 일단 결정하자마자 발표를 하는데요. 그건 한밤중입니다. 그래서 소식이 새어 나가지요. 하지만 밤중에 수상자에게 전화를 해서 정신을 놓게 만들지는 않아요. 그냥 해당 국가와의 시차를 고려해서 정상적인 시간에 연락합니다. 제 경우에는 제 친구이자 현 브라운대학교 총장인 루스 시몬스가, 당시에는 프린스턴대학교에 있었는데, 아침 7시쯤 저한테 연락을 해서 제가 노벨상을 탔다고 했어요. 전 생각했어요. '무슨 소리야?' 친구가 헛것을 봤다고 생각했어요.

볼렌 후보라는 사실은 알고 계셨나요?

모리슨 별생각 없었어요. 그래서 전화를 그냥 끊었어요! '무슨 소리하는 거지?' 싶었어요. 왜냐하면 저도 모르는 걸 친구가 알리가 없잖아요? 그랬더니 친구가 다시 전화를 걸어서 물었어요. "너 왜 그래?" 그래서 제가 어디서 들었냐고 물었더니 〈투데이 쇼〉의 브라이언트 검벨한테 들었다는 거예요. 그래서 생각했죠. 그럼…… 혹시? 하지만 자기가 받을 거라고 착각한 사람들이 생각보다 훨씬 더 많더라고요. 스스로도 받을 거라고 생각하고, 기자들도 모여들지만 결국 못 받은 경우 말이에요.

볼렌 안타깝게 노먼 메일러의 경우 그랬던 것 같습니다. 친구들이 수상했다고 연락을 해왔고 아마 인터뷰도 했던 것 같지만 수상하지 못했어요.

모리슨 알아요. 조이스 캐럴 오츠에게도 그런 일이 있었어요! 기자들이 기다리고 있었어요. 그런데 저는 어떻게 해야 할지 모르겠더라고요! 그냥 수업에 들어가지 않았겠어요? 그리고 낮에, 한 12시 반쯤에 스웨덴 한림원에서 전화가 왔고 제가 수상을 했다고 말했어요. 말도 안 되는 시각이 아니었어요. 저는 그래도 믿을 수가 없었어요. 그래서 물었죠. "팩스로 좀 보내주시겠어요?"

볼렌 문서로 받고 싶으셨군요! (웃음)

모리슨 맞아요! 하지만 시상식 자체는 정말 천국 같았어요. 최고의 파티였어요.

볼렌   마틴 스코세이지 감독이 최근에 만든 프랜 리보위츠 다큐멘터리 〈퍼블릭 스피킹〉을 보았는데요. 프랜 리보위츠가 선생님과 함께 스웨덴에 가서 아이들과 같은 테이블에 앉아야 했다고 했어요.

모리슨   (웃음) 맞아요! 정말 그랬어요. 그래도 좋았어요. 호화롭고 웅장하고…… 약간 불편했지만.

볼렌   그랬나요?

모리슨   계단 수직면이 너무 낮아서 겨우 내려갔어요. 어쨌든 최고의 시간을 보냈어요. 정말 재미있었습니다. 프랜이 딱 맞는 말을 했어요. "위풍과 당당을 다 본 건 오늘이 처음이야."

볼렌   글쓰기에 집중하기 위해서 1983년에 마침내 편집자 일을 그만두셨을 때 다시 돌아가는 일은 없을 거라고 생각하셨나요?

모리슨   그건 좀 달랐어요. 왜냐하면 제가 그만뒀을 때 저기 저 문밖에 앉아 있었는데요. (창밖으로 손을 내밀어 허드슨강이 내다보이는 위치를 가리키며) 지금 보이는 것처럼 멋진 곳이 아니었어요. 비바람에 한 번 엉망이 되어서 수리를 해야 했어요. 아무튼 거기 앉아 있는데 겁이 났어요. 뭐랄까 초조했어요. 일이 없었고 여전히 아이들을 키워야 했어요. 좀 이상한 기분이었어요. 그런 다음 생각했어요. 이건 불안감이 아니야. 이건 행복이야!

볼렌   안도감이었군요.

모리슨   안도감 이상이었어요. 정말 행복했어요. 다시 말하면 그 전에
         는 행복하지 않았다는 거죠. 느껴보지 못한 기분이었어요. 행
         복과 또 다른 무언가의 조합이었을 거예요. 그때 『빌러비드』
         를 썼어요. 그 책은 홍수처럼 흘러나왔어요.

볼렌   『빌러비드』의 바탕이 된 마거릿 가너에 대한 기사는 어떻게
         찾으셨나요?

모리슨   『더 블랙 북』을 만드는 중이었어요. 저자들이 온갖 자료들을
         가져왔어요. 제가 좋은 일, 나쁜 일 가리지 않고 흑인들의 역
         사를 총망라하는 책을 만들고 있었거든요. 오래된 신문을 수
         집하는 사람도 자료를 주었는데 거기 마거릿 가너에 대한 기
         사가 있었어요. 흥미로운 점은 기자의 반응이었는데 그 사람
         은 마거릿 가너가 정신 나간 여자가 아니라는 데 꽤나 충격
         을 받은 듯했어요. 자꾸만 이렇게 반복했죠. "가너는 매우 침
         착하고…… 그런 일이 또 있다면 똑같이 하겠다고 말했다."
         그래서 좀 더 알아보기로 했어요. 노예 여성이 이런 일을 저
         지르는 것이 드물지는 않았어요. 하지만 전 생각했어요. 만
         약 이 여성이 이성적 판단이 가능하고 그럴 이유가 있었다
         면? 당시 페미니즘 운동은 아이를 낳는 것이 선택이라고 매

노벨상 시상식 연회에서의 연설(1993)

우 진지하고 과감하게 주장하고 있었어요. 엄마로서의 삶을 강요받지 않는 것이 여성해방의 일부분이라고 생각했지요. 아이를 낳지 않을 자유가 있다고요. 가녀에게는 그 정반대였다는 생각이 들었어요. 가녀에게 자유는 아이를 낳는 것이었고 어떤 방식으로든 아이에 대한 권리를 갖는 것이었죠. 아이가, 누군가 구매할 수 있는 새끼 짐승이 아니어야 했어요. 다시 말하지만 동시대의 주된 경향과 정반대였어요. 이건 단지 노예제도나 흑인과 백인 간의 문제에서 기인하는 차이가 아니었어요. 물론 그것도 있지만요. 초기 페미니즘에 대해 저는 불만이 아주 많아요. 백인 페미니스트들은 항상 중요한 회의를 하는 것 같았지만 가정부들은 끼워주지 않았거든요! (웃음)

볼렌 백인과 흑인 페미니스트 사이에 어떤 분명한 간극을 느끼셨나요?

모리슨 흑인 페미니스트는 스스로를 '우머니스트'라고 불렀습니다. 간극이 있었죠. 둘은 달랐습니다. 역사적으로 흑인 여성은 언제나 남성을 보호했어요. 남자들이 일선에 나가 있었고 죽을 확률이 더 높았거든요. 실제로 저는 이것이 흥미롭다고 생각했습니다. 출판계에 처음 발을 들였을 때 많은 여성이 대학을 가기 위해 가족을 설득하는 일이 얼마나 어려웠는지 이야기했습니다. 아들은 당연히 공부를 시켰지만 딸은 공부를 하려면 몹시 애를 써야 했어요. 아프리카계 미국인 사회에서는 정반대였습니다. 딸은 공부를 시켰지만 아들은 시키지 않았어요. 딸은 언제든 돌봄노동을 하는 직업을 가질 수 있었거든요. 교사라든가, 간호사라든가. 하지만 아들에게 공부를 시키면 갈등에 직면하거나 꼼짝하지 못하는 상태가 될 수 있었어요. 결코 쉽게 성공할 수가 없었어요. 여러 가지 면에서 그런 상황은 이제 바뀌었지만 당시에 우리는 자기를 보존하려는 하나의 유기체 같았어요.

볼렌   『고향』에는 전체 서사에 걸쳐 출몰하는, 주트 수트zoot suit, 통이 넓은 바지와 긴 외투로 이루어진 양복 스타일로 아프리카계 미국인들 사이에 유행했다를 입은 남자가 나옵니다. 주인공 앞에도 몇 차례 나타나지요. 이 남자는 왜 소설 속에 넣으셨나요?

모리슨   이 책의 많은 부분이 남자로 사는 문제를 정면으로 다룹니다. 그것은 결국 인간으로 사는 문제인데 일단은 남자라고 합시다. 주인공은 이것을 무척 어렵게 느낍니다. 남성성을 증명할 수 있는 형식적인 방법이 있습니다. 전쟁이 그중 하나입니다. 하지만 전후, 그러니까 1940년대 후반, 1950년대 초의 주트 수트를 입은 남자들은 좀 과했어요. 그 사람들은 특별한 남성성을 주장하고 있었고 사람들을 불편하게 만들었습니다. 경찰은 이들에게 총을 쐈어요. 복장 얘기를 꺼내셨으니 말인데, 후드 달린 옷은 말할 것도 없죠. 경찰은 늘 그런 남자들을 체포하곤 했습니다. 저는 이런 특별한 복장을 한 인물이 그저 거기 맴돌게 하고 싶었습니다.

볼렌　후드 달린 옷을 언급하시니 꺼내는 말인데, 트레이본 마틴 사
　　　건2012년 미국 플로리다주에서 후드 티를 입은 채로 살해당한 17세 트레이본 마틴
　　　의 사건은 여전히 존재하는 미국 내의 인종적 차별과 편견에 항의하는 시위를 촉발
　　　했다과 당시의 분위기 사이에 어떤 연결점이 있을까요? 후드
　　　티를 입은 100만 인의 행진이라는 집회도 있었고요. 트레이
　　　본 마틴 총격 사건과 같은 상황이 여전히 도처에서 벌어지고
　　　있지만 잘 알려지지 않을 뿐이라는 데 동의하시나요? 아니면
　　　미국 내에서 흑인에 대한 제도적인 살인은 줄어들었나요?

모리슨　후드 티는 요점을 흐리게 할 뿐입니다. 저는 100만 의사 행
　　　진트레이본 마틴 살해 사건의 재판 과정에서 부검 의사 등 의료 전문가들의 증언
　　　이 묵살된 것을 의미하는 것으로 보인다 같은 걸 했어야 한다고 생각해
　　　요. 제가 볼 때는 요즘 언론이 모든 것을 아주 극적으로 표현
　　　하고 있습니다. 젊은 흑인 남성의 살인에 관해서라면 후드 달
　　　린 옷과 별개로 달라진 것이 없습니다. 경찰의 검문을 받아
　　　보지 않은 젊은 흑인 남자는 본 적이 없어요. 단 한 명도. 우
　　　리 애들도 마찬가지입니다. 제시 잭슨 목사가 아들 얘기를 하
　　　는데 한 아이는 법대, 한 아이는 경영대를 다녔지만 둘 다 경
　　　찰 검문을 받아보았다고 합니다. 코넬 웨스트1953~, 미국 흑인 남
　　　성 철학자도 어느 대학에선가 강의를 할 때 차로 통근을 해야
　　　했다고 합니다. 경찰은 매번 코넬의 차를 멈춰 세웠다고 합니
　　　다. 새 차를 타고 있든 낡아빠진 차를 타고 있든 상관없어요.
　　　코넬의 차는 낡아빠진 차였는데 그래도 멈추게 했다고 하네
　　　요. (웃음) 흑인 남성에 대해 만연한, '언제든 사고를 칠 수 있

는' 사람이라는 이미지는 과거와 똑같이 공고합니다. 요즘 언론에서 더 다루고 있을지는 몰라도 말입니다. 『고향』의 주인공 프랭크 머니도 그래요. 저는 경찰이 길거리에서 프랭크 머니를 수색하는 게 당연하다고 생각했습니다. 하지만 저는 여러 가지 이유에서 이런 상황이 불러올 결과에 관심이 있습니다. 제가 알고 싶은 것은 두 가지예요. 그리고 이걸 알아내기 위해서 시간을 들여 조사를 할까 싶어요. 첫째는 세계 역사를 통틀어 백인 남성이 흑인 여성을 강간한 죄로 벌을 받은 적이 있는가? 한 번이라도?

볼렌 바로 생각나는 건 없네요.

모리슨 한 가지 사례면 족해요. 또 다른 궁금증은 이것이죠. 경찰이 한 번이라도 백인 아이의 등에 총격을 가한 적이 있는가? 제가 아는 한 없어요. 저는 이런 것이 궁금해요. 그런 적이 있다면 저들의 말을 믿을 것 같아요. 잘못된 시간에 잘못된 장소에 있었다는 죄로 어린 백인 아이에게 총을 쏜 경찰을 찾을 수 있다면요.

볼렌 그런 일은 일어나지 않는 것 같죠? 2008년 버락 오바마가 대선에 출마했을 때, 선생님께 지지를 부탁했고 선생님은 결국 지지를 선언하셨죠. 오바마가 대통령이 되면 일종의 보상이 될 거라고 말씀하셨습니다. 혁명revolution은 아니지만 필수적인 진화necessary evolution가 될 거라고 하셨어요.

모리슨   제가 그랬나요? 멋진 말이네요! (웃음)

볼렌   그러셨어요. 이제 내일이면 재선 결과가 나올 텐데 오바마 대통령이 기대에 부응했다고 생각하십니까?

모리슨   그 이상이었어요. 그 이상. 제가 생각했던 것보다 더 잘했습니다.

볼렌   저도 대체로 그렇게 생각합니다. 간혹 의구심이 생길 때도 있었지만 임기 중에 때때로 대통령에 대한 불신이 생기는 것은 자연스럽죠.

모리슨   물론이죠. 하지만 그 정도의 적대감은 미처 생각지 못했어요. 어느 정도는 있을 거라고 생각했죠. 많을 거라고요. 하지만 이건 정말 정신 나간 수준이에요. 대통령을 싫어하는 사람들은 그가 무얼 하든 상관하지 않지요. 어떤 것도 중요하지 않아요. 그 사람들이 하는 말도 아주 구식이에요. 'N'으로 시작하는, 흑인을 비하하는 말, 'N-I-G-G-E-R'을 입에 담을 수 없게 된 뒤로 우리 언어에 구멍이 생겼어요. 'Like'의 경우와 정반대_{'Like'는 말의 앞에서 그 내용을 이끄는 역할을 하기도 하고 말을 이어가기 위한 추임새처럼 사용하기도 하는 등 일상 대화에서 다양한 용법을 가진다}예요. 구멍이 생기고 나서 그 구멍을 채우기 위해 온갖 다른 말이 홍수처럼 쏟아졌어요. 케냐 사람이라는 둥, 출생지가 불분명하다는 둥. 과거에는 'N'으로 시작하는 말로 다 했거든요. 이제는 숨은 의미를 담은 어휘들이 아주 비상식적으로 생겨났어요. 이 단어는 90개쯤 되는 다른 단어들을 대체합니다. 요즘 사람들은 '느꼈다felt'고 잘 말하지 않아요. 전 그게 아주 심란해요. 언어를 지우는 단어가 있는가 하면 단어의 삭제가 어떤 광기의 언어를 생성하기도 해요. 그 점이 정말 놀라웠어요. 그리고 오바마 대통령을 싫어하는 사람들이 보이는 반응은 아주 본능적인 비호감이에요. 신문 기사에 이런 문장도 있었어요. "정말 심각한 문제는 흑인 남성이 세계를 지배하고 있다는 사실이다." 판사나 의사, 한 동네의 우두머리가 아니라 세계를 책임지고 있다는 거죠. 그걸 받아들일 수 없는 사람들이 있어요.

마지막 인터뷰

토니 모리슨은 허드슨강 강변에 위치한, 채광이 좋은 한 주택에 살고 있다. 어느 토요일 오후 나는 빅투아 부르구아1987~, 파리에서 출판사를 운영하는 크리스티앙 부르구아와 도미니크 부르구아의 딸로 토니 모리슨을 비롯한 유명 작가들과 친분을 유지했으며, 현재는 작가, 편집자, 미술 큐레이터로 활동하고 있다와 함께 차를 타고 45분 남짓 허드슨강을 거슬러 올라갔다. 뉴욕에서 평생을 살았던 기사는 어디가 뉴저지주이고 어디가 뉴욕 북부, 용커스시, 코네티컷주인지 일일이 짚어주었다. 우리가 도착하자 모리슨은 우리를 따뜻하게 맞아주었고 글을 쓰는 과정을 이야기할 때에는 이렇게 대답했다. "책상은 강을 바라볼 수 있는 위치에 있지 않아요. 그러면 종일 강물만 보고 있을 테니까요. 이곳은 뉴욕시와 아주 가깝기 때문에 해수와 담수가 섞여 있고 밀물과 썰물도 있어요."

이 인터뷰는 2018년 10월 14일 〈알랭 엘컨 인터뷰〉에 게재되었다. 인터뷰어 알랭 엘컨은 이탈리아 언론인으로 토리노 신문 〈라 스탐파〉에 매주 칼럼을 싣는다. 이탈리아 방송국에서 다수의 문화 프로그램을 진행하고 있으며 소설 「아니타Anita」 「가문의 재산은 가문의 재산으로 남아야 한다I soldi devono restare in famiglia」 등의 저자이기도 하다.

엘컨	이 허드슨강 강변 집에서 오래 사셨나요?

모리슨	이 지역에서는 35년쯤 살았고 이 집에서는 15년, 20년쯤 살았어요. 어느 해엔가 집이 불타서 다시 짓는 동안 뉴욕시에서 살았지요.

엘컨	랜덤하우스에서도 일을…….

모리슨	편집자였지요.

엘컨	네, 편집자로 뉴욕시에서 일하셨죠? 그건 몇 년 동안 하셨어요?

모리슨	글쎄요. 이거 하나만 알고 계세요. 비밀이지만 알려드릴게요. 전 여든일곱이에요. (웃음) 그래서 기억을 하나도 못 해요! (계속 웃음) 하지만 좋았어요. 랜덤하우스에서 일하는 게 좋았어요. 작가이자 편집자인 직원은 제가 유일했어요. 한때 닥터로*가 그 두 가지를 다 하기는 했어요. 그러다가 편집자 일은 더 이상 하지 않겠다고 결심하고 그만뒀지요. 그 뒤로 책만 썼고요. 반면에 저는 그럴 여유가 없었어요. 아들 둘을 키우고 있었으니까요. 그래서 직장에 계속 다녔지요. 하지만 편집자인

---

*   E. L. 닥터로(1931~2015)는 존경받는 미국 소설가로 여러 해 동안 〈뉴아메리칸 라이브러리〉와 〈다이얼 프레스〉에서 편집자로 일하면서 이언 플레밍, 아인 랜드, 제임스 볼드윈, 노먼 메일러 등의 다양한 작가들과 일했다.

동시에 작가였고 제 담당 편집자는 크노프에 있었어요. 밥 고 틀리브가 담당 편집자였는데 방금 전에도 연락이 왔어요. 책을 더 쓰라고 절 괴롭히네요. 물론 그동안 편집자로서 다른 작가들의 글도 만졌죠. 작가인 동시에 편집자였던 사람은, 아마도 닥터로밖에 없었을 거예요. 1년쯤 두 가지를 병행했을 거예요. 저는 별로 어려움을 못 느껴서…….

엘컨   하지만 결국 관두셨잖아요? 글을 쓰기 위해서 떠나셨지요. 프린스턴대학교에서 교수로 재직하기도 하셨고요. 교수가 되기 위해 떠나셨나요? 아니면 글을 쓰기 위해?

모리슨   글은 늘 쓰고 있었어요. 『가장 푸른 눈』이 언제였죠? 1972년인가 그랬어요. 저는 편집자가 아닐 때에도 글을 쓰고 있었어요. 그리고 랜덤하우스를 떠났을 때, 아니 크노프죠, 직장이 필요했어요. 수입이 없으면 안 됐으니까요. 항상 그랬어요.

엘컨   책이 잘 안 팔렸나요?

모리슨   잘 팔리긴 했지만 소설로 돈을 벌 수는 없죠. 좋은 소설로, 심지어 우아한 소설로도 돈을 벌 수는 없어요. 주로 범죄 소설이나 로맨스 소설 같은 게 돈이 되죠. 다행인 것은 제가 미리 받은 인세가 판매된 책의 인세로 충당이 되었기 때문에 책이 출간된 뒤에 출판사에 빚을 지지는 않았다는 점이죠. 작가들이 항상 그럴 수 있는 것은 아니거든요. 이익을 볼 때도 종종

175

있었고요.

엘컨   그렇지만 혹시 모르니까…… 다른 직장을 구하고 싶으셨
        군요.

모리슨   글을 쓰고 싶었어요! 이미 다른 직장이 있었지요. 예일대학
        교, 코넬대학교에서 가르치고 있었어요. 랜덤하우스 편집자
        일 때도 일주일에 하루는 대학에 강의를 하러 갔어요. 재밌는
        이야기가 있어요. 금요일마다 회사가 아닌 대학교로 강의를
        하러 갔더니 다른 회사 사람들이, 그러니까 다른 편집자들도
        그렇게 하기 시작했어요. 이렇게 생각한 거죠. 저 사람은 되
        는데 나는 왜 안 돼?

엘컨   움베르토 에코*도 그 시기에 만나셨나요?

모리슨   에코요?

엘컨   1970년대였을 텐데요.

모리슨   아, 맞아요, 맞아요. 두 번 만났어요. 한 번은 이탈리아에서.
        왜 이탈리아에 갔을까요? 기억 안 나요. 그다음에는 제가 가

*   움베르토 에코(1932~2016)는 이탈리아 소설가이자 기호학자로 『장미의 이름』과 『푸코의
        진자』를 비롯한 여러 저서를 남겼다.

르치던 곳에 왔어요. 아마도 프린스턴대학교에서 만났을 거예요. 며칠 동안만.

엘컨　프린스턴대학교에 계셨어요?

모리슨　그 전에는 뉴욕주립대학교에 있었는데 프린스턴대학교에서 전화가 왔어요. 어떤 여자가 주립대학교를 그만두고 프린스턴으로 오겠냐고 물었죠. 저는 아들이 둘인데 아이들한테 엄마가 필요한 때였어요.

엘컨　아침에 아주 일찍 일어나서 글을 쓰셨다고 들었는데요?

모리슨　맞아요.

엘컨　두 아들 때문이었군요.

모리슨　애들보다 먼저 일어나야 했어요. 애들은 해가 뜨자마자 일어났어요. 계절에 상관없이. 저는 해가 뜨기 전에 어두울 때 일어났죠. 책상에 앉아서 해가 언제 뜨나 기다리던 때가 항상 일출 15분에서 20분 전이었던 걸로 기억해요. 전 아침에 정말 머리가 잘 돌아가요! 오후가 될수록 점점 흐릿해지지만! (웃음)

엘컨　몇 시간 동안 글을 쓰셨나요? 한 시간, 두 시간?

모리슨   점심 때까지 썼어요. 5시 반, 6시에 일어나서 점심 전에 끝마쳤죠.

엘컨   아침 일찍부터 일을 하신 거네요.

모리슨   맞아요.

엘컨   얼마나 오래 하셨다고요?

모리슨   아침 일찍 일어나자마자 시작했어요. 해가 뜨기 전부터. 언제나 해가 뜨기 전에 일어났어요. 그리고 점심 때까지 계속했어요. 정오쯤까지. 여섯 시간 정도지만 꽤 많은 일을 할 수 있었어요. 늘 그런 건 아니었어요. 때로는 이미 쓴 내용을 읽고 고치거나 줄을 그어 지우거나 했죠…….

엘컨   나 자신의 편집자 역할을 하셨군요?

모리슨   정확합니다. (웃음)

엘컨   편집자의 눈으로 자신의 글을 읽으면 어떤가요? 다른 작가의 글을 볼 때보다 더 엄격한가요? 자신이 쓴 글을 읽고 싶어서 글을 쓰신다는 말씀도 하셨는데요?

모리슨   맞아요.

엘컨 자신이 쓴 글을 읽을 때는 마치 다른 사람의 글을 읽을 때처럼 객관적으로 하셨나요?

모리슨 맞아요. 저랑 굉장히 비슷한 다른 사람의 글이라고 생각했죠. (웃음) 그럼에도 적당히 선을 그어야 했어요. 저는 제가 쓴 모든 내용이 만족스럽지는, 언제나 만족스럽지는 않아요. 그렇게 느낀 적은 한 번도 없었어요.

엘컨 만족스럽지 않으셨다고요?

모리슨 그럼요. 그리고 글을 쓴다는 건 때로는 신비로운 경험이기도 했어요. 여름 내내 머릿속에서 문장이 하나 떠다니던 기억이 나요. 어떤 의미인지, 왜 머릿속을 떠나지 않는지 알 수 없었어요. 그러다가 자리에 앉아 종이 위에 그 글을 썼죠. 그랬더니 그다음 문장이 제게 왔어요. (웃음) 그런 다음에 또 하나가 생각나고. 어떻게 글이 써질지 나조차 모르는 거예요.
아래층에 있는 제 책상은 강을 바라보지 않아요. 강변에 있는 마당을 바라보고 있어요. 종일 강물만 보고 아무것도 쓰지 못할까 봐서 그래요. 그래서 그 옆을 이렇게 보고 있는데 한 여자가 물속에서 나왔어요. 그러더니 마당으로 와요. 그리고 돌에 걸터앉았어요. 옷을 다 입고 있었어요. 모자도 쓰고 있었고 괜찮은 원피스를 입고 있었죠. 아무튼 그 여자도 책에 넣었어요. 여자에 대해 몇 줄 써넣었죠.

엘컨   손으로 글을 쓰시죠?

모리슨   맞아요. 노란 노트에. 구식인 거 알아요. (웃음) 우리는 그렇게
         배웠어요.

엘컨   하지만 왜 연필로 쓰시나요?

모리슨   왜냐하면 펜으로 쓰면 좀…… 거만해 보여요. 연필로 쓰면 다
         생각이 있지만 그럼에도 지울 준비가 된 것처럼 보이죠.

엘컨   책을 많이 쓰셨죠?

모리슨   그렇죠. 여덟 권 정도 쓴 것 같아요. 어떤 책은 다시 쓰고 싶
         어요. 한 권은 꼭 다시 쓰고 싶어요.

엘컨   어떤 책이죠?

모리슨   『가장 푸른 눈』이요. 첫 책이었죠. 이제는 아는 게 더 많아졌
         어요. 더 영리해졌죠.

엘컨   『가장 푸른 눈』은 파란 눈을 갖고 싶어 하는 소녀 이야기죠?

모리슨   맞아요. 전 그 아이가 참 좋았어요. 그 아이는 실존하는 어린
         아이였기 때문에 그 아이에 대해 쓰기 시작한 거예요. 일고여

덟 살쯤 친구가 있었는데 이웃에 살았어요. 제 또래의 여자아이였고 함께 길을 걷는데 그 친구가 매일 밤 기도를 한다고 했어요. 우리는 하느님이 존재하는지 여부를 놓고 일종의 언쟁을 하고 있었거든요.

엘컨 일곱 살 때요?

모리슨 네. 그 아이가 하느님이 없다고 했거든요. 저는 있다고 했고요. 그래서 그걸로 다투고 있었어요. 부재의 실재.

엘컨 그 친구는 파란 눈을 주지 않으니 하느님이 없다고 생각했고요?

모리슨 그 친구는 그래서 하느님이 없는 게 분명하다고 했죠. 매일 밤, 아니 매일, 매일 아침일 수도 있죠. 기도를 했고 하느님께 이야기했어요. 파란 눈을 갖고 싶다고요. 하느님은 절대 들어주지 않았어요. 그렇게 부탁했는데도 파란 눈을 주지 않았으니 하느님이 존재하지 않는 게 분명했죠! (웃음)

엘컨 그럼 선생님의 경험으로 아프리카계 미국인들은 아프리카계 미국인이 되고 싶은 게 아니라 노르웨이 사람이 되고 싶은 건가요?

모리슨 아니, 아니죠. 그 친구는 사실 아주 아름다웠어요. 당시에는 깨닫지 못했지만. 하지만 놀라웠어요. 아주 새카맣고 믿을 수 없이 아름다웠어요. 머리모양이며 입술, 코, 커다란 눈.

엘컨   아주 아름다웠다고요?

모리슨   대단히 아름다웠어요! 하지만 그 친구의 관심은 오로지 피부 색이었어요. 저는 고개를 돌려 그 아이를 쳐다보고 생각했어요. '뭔 소리야?' 그 나이에는 아름다움이 뭔지 몰랐어요. 어떻게 보면 매혹이 된 거예요. 친구를 보고, 여자아이를 보고 그런 생각이 든 건 처음이었어요. 그때까지 그 어휘는 제 사전에 없었어요. 귀엽고 예쁜 건 있었지만 아름다운 건 몰랐어요. 아름다운 건 하늘 같은 게 아름다운 거였죠. 아무튼 그랬어요.

엘컨   하지만 책에서는 아프리카계 미국인들의 상황이 어려웠다고 말씀하고 계시잖아요? 그럼에도 1950년대에 대한 약간의 향수가 있으신 듯해요.

모리슨   네. 어려움이라는 건…….

엘컨   젊으셨기 때문일까요, 아니면…….

모리슨   아니에요. 흑인으로서 겪는 어려움은 우리가 사람이 아니라 흑인이었기 때문이에요. 그래서 어떤 간극이 있었어요. 저는 이것 때문에 불행하지는 않았어요. 저나 친구들, 가족들은 이걸 불행하다고 여기지는 않았지만 우리가 할 수 없는 일, 우리가 갈 수 없는 장소들이 있었어요. 식당이나 특정 동네 등은 갈 수 없었어요. 그렇지만 우리만의 동네를 만들었죠. 예를 들자면 우리는 이리호 연안에 살았는데 당시 시에서 운영하는 이리호 공원이 있었어요. 하지만 흑인들은 들어갈 수 없었어요. 그래서 그 사람들이, 아니 우리가, 어떻게 했냐면 연안을 따라 좀 더 내려갔어요. 1마일 정도. 그리고 거기서 호수로 내려가는 길을 만들었어요. 원래 있던 길은 무시하고요. 우리만의 공원을 만들었어요.

엘컨   당시는 여러 소수집단이, 심지어 유대인들도 사회에서 소외당할 때죠?

모리슨   맞아요. 아주 고립되었어요. 차이점이 있다면 우리 지역에서는 피부색이 다르든, 유대인이든, 이탈리아 사람이든―이탈리아 사람들은 정말 푸대접을 받았어요!―호숫가에 사는 중상류층 백인이 아니면 사회의 일원으로 받아들여주지 않았어요. 그 사람들은 의사이거나 치과의사였는데 저들이 왕족인 양, 다른 모든 사람 위에 군림하는 것처럼 굴었어요. 하지만 애들보다는 어른들이 더 힘들어했을 거예요. 우리들은 다 함께 학교에 다녔으니까요. 제가 4학년 때 반에 영어를 못 하는 이탈리아 출신 아이가 두 명 있었어요. 막 이민을 온 아이들이었고 선생님은 그 아이들을 제 옆에 앉혀서 저한테 영어를 가르치게 했어요. 저는 물론 그렇게 했고요.

엘컨 가르치는 일을 좋아하시죠?

모리슨 그 말썽꾸러기들을 가르치는 건 좋았죠. (웃음) 제가 똑똑한 가 봐요. 그 아이들 중에 한 명이 커서 우리 동네 시장이 되었 거든요.

엘컨 교수로도 여러 해 재직하셨죠.

모리슨 전 가르치는 걸 좋아합니다. 아주 많이 배우거든요. 제가 학 생들에게 뭐라고 하는 것보다 돌려받는 게 정말 좋습니다. 저 혼자 이야기하는 것이 아니라 어떤 의미에서 대화니까요. 프 린스턴대학교에서는 7년쯤 가르쳤습니다. 떠난 지 얼마 되지 않아요. 제 비서 루스는 아직 거기서 일해요.

엘컨 편집 일보다 가르치는 편이 낫습니까?

모리슨 글쎄 잘 모르겠어요. 지금은 편집 일이 더 좋을 것 같습니다. 이제 여든일곱이고 밖으로 나가고 싶지 않아서 그럴 거예요. 하지만 그게 아니라면 그 두 일은 저한테 거의 비슷하게 느껴 져요.

엘컨 아직도 글을 쓰십니까?

모리슨   "어머, 그럼요." 그녀가 말했습니다. (웃음)

엘컨   아직도 새벽 5시에 일어나 쓰시나요?

모리슨   아니요. (웃음)

엘컨   언제 쓰세요?

모리슨   지금 같은 때요. 이제는 예전처럼 못 해요. 비슷한 시각에 일
어나기는 해도 몸 상태가 전혀 다르니까요.

엘컨   그럼 요즘은 언제 글을 쓰세요?

모리슨   글쎄요, 저녁이나 지금 같은 때.

엘컨   오후에요?

모리슨   그보다는 늦다고 할 수 있을 것 같아요. 저녁때쯤. 6시, 7시
정도. 그쯤이요. 세 장쯤 쓸 때도 있고요. 저기 보이시죠, 노
란 노트. 세 장쯤 쓰는 날도 있어요. 반 장밖에 못 쓰는 날도
있고요. 그때그때 달라요. 분량이 중요한 게 아니라 머릿속에
명확하게 그려져야 하죠. 제가 전개하고자 하는 글이요.

엘컨   소설을 쓰는 과정은 어떻게 됩니까? 주로 한 가지 이야기에

매달리십니까?

모리슨   글쎄요. 경우에 따라…… 다르죠…….

엘컨   새 책을 쓰신다고 하면 그것만 쓰십니까?

모리슨   네. 한 번에 한 권만.

엘컨   한 권을 쓰는 데는 시간이 얼마나 걸리나요?

모리슨   제가 가장 빨리 쓴 책은 3년이 걸렸어요. 대개 6, 7년이 걸립니다.

엘컨   가장 유명한 책은 『빌러비드』인가요?

모리슨   모르죠. 그런가요?

엘컨   그 책으로 퓰리처상도 수상하고.

모리슨   그래서 그런지는 모르겠어요. 저는 다른 책일 거라고 생각했는데.

엘컨   선생님 소설 중에 그게 최고의 소설인가요?

모리슨   아니요.

엘컨   아닙니까?

모리슨   제가 생각하는 최고는 『재즈』예요. 하지만 그 소설을 아끼는
건 저뿐이에요. 소설 속에 재즈라는 말은 나오지 않지만 저는
그 소설을 재즈 음악과 같은 틀을 사용해서 설계했어요. 재즈
는 제작이 아니라 창작하는 음악이에요. 소설에도 그런 특성
이 있어요. 어떻게 될지 모르는, 기발한 방식으로 변화가…….

엘컨   어떤 내용입니까?

모리슨   그건 말할 수 없어요. 제 입으로 말할 수 없어요. 직접 읽으세
요. (웃음)

엘컨   읽겠습니다.

모리슨   그 시절에 대한 이야기예요. 1920년대, 뉴욕 같은 대도시의.

엘컨   그 시기를 따로 조사하셨나요?

모리슨   당시에는 뉴욕에 대한 조사를 좀 했죠. 건물이 어땠는지 등.
1920년대의 뉴욕은 유행에 굉장히 앞서는 장소였어요. 게다
가 음악도 훌륭했죠. 인종 간의 분리도 심하지 않았어요. 서

로 충분히 뒤섞여 지냈다니까요? 아마도 음악 때문이었을 거예요. 할렘, 5번가를 따라 걷기만 해도 그냥…… 기분 좋은 곳이었어요. 다른 사람들도 이곳이 다른 어느 곳보다 신나는 장소였다고 이야기했습니다. 여기 비할 곳이 있다면 뉴올리언스 정도였어요. 생각해보니 이 두 곳 모두 음악과 관련된 도시였어요. 뉴올리언스에도 재즈가 있었고 음악가들이 여기 살며 연주했어요. 새치모* 같은 사람들이요. 반면 뉴욕의 음악은 좀 달랐어요.

엘컨   음악을 사랑하시는군요.

모리슨   사랑해요.

엘컨   책에도 음악이 담겨 있으니까요.

모리슨   연주를 못 하니 그 방법밖에 없었어요.

엘컨   선생님 책 속에도 항상 음악이 있고요?

모리슨   네, 그럴 수밖에요. 어머니는 항상 노래를 하는 사람이었어요. 목소리가 정말 아름다웠어요. 정식으로 배운 적은 없지만 타고난 가수였어요. 제가 들어본 사람들 중에 가장 노래를 잘

---

*　뉴올리언스에서 태어난 트럼펫 연주자 루이 암스트롱의 별명.

하는 사람이었어요. 베시 스미스 같은 가수보다 훨씬. 아무튼 엄마는 저희가 피아노를 배우도록 하셨는데 저희는 그것이 마치 걸음마를 배우러 가라는 말처럼 느껴졌어요! (웃음) 엄마는 배우지도 않고 저절로 하는 것을 우리는 학교에 가서 배워야 한다고?

가장 아픈 곳을 파고들어요.
젊은 시절에 벌어진 일, 마을이나 가족에게
벌어진 사건으로부터 어떤 품격을 건져냅니다.

엘컨　　필립 로스는 자신이 유대계 작가가 아닌 그냥 작가로 알려지길 바랐습니다.

모리슨　　기억합니다. 우린 알던 사이였어요.

엘컨　　선생님은 흑인 작가입니까, 그냥 작가입니까?

모리슨　　저는 흑인 작가입니다. 숨김없는.

엘컨　　왜 흑인 작가입니까?

모리슨　　당신 같은 분이 그런 질문을 하기 때문이죠. (조용한 웃음) 다릅니다.

엘컨　뭐가 다른가요?

모리슨　특성, 음악, 소리, 질감…… 그리고 주제? 흑인 작가들은……
그 사람 이름이 뭐였더라? 기억이 안 나네요. 볼드윈 이전 사
람인데 흑인들의 삶에 대해 썼지만 좀 거리감이 있었어요. 마
치 자신과 별개의 것을 바라보는 듯한 시선이었죠. 볼드윈은
흑인과 관계된 것에는 관심이 없었어요. 예술과 세상에 관심
이 있었죠. 대체로 유럽에서 생활하기도 했고요. 하지만 이
두 사람은 극단에 있는 경우였고 일반적으로 작가에다가 흑
인이라면 〈뉴욕 타임스〉에 서평이 실리는 일은 없었어요. 대
학에서 자리를 내주는 일도 없었고요.

엘컨　그때 이후로 선생님이 살아가시는 동안 많은 것이 바뀌었
군요.

모리슨　많이 변했죠. 그렇습니다. 하지만 제가 상을 받았을 때도 언
론에는 부정적인 반응이 좀 있었어요. (웃음)

엘컨　미국에서 흑인의 이야기는 수많은 고난의 이야기인데 선생님
께서는 이것을…….

모리슨　그럼요. 많은 고통을 겪었고 사람들은 그걸 음악에 담았어요.
니나 시몬1933~2003, 미국의 흑인 여성 음악가이 그랬잖아요? 거기서
소재를 가져왔죠. 자연스럽게. 하지만 작가들은…….

엘컨   선생님도 『빌러비드』에 차용하셨지요.

모리슨   네. 그렇습니다만, 흑인 작가들에게만 국한된 현상은 아닙니다. 백인 작가들도 똑같이 하지요. 가장 아픈 곳을 파고들어요. 젊은 시절에 벌어진 일, 마을이나 가족에게 벌어진 사건으로부터 어떤 품격을 건져냅니다. 행복한 일에 대해서만 쓰는 작가는 드물어요. 작가들은 다들 자기가 에드거 앨런 포라고 생각합니다.

엘컨   그러면 선생님이 겪은 이런 변화에 대해서 좀 이야기해주세요. 굉장히 흥미로운 시기를 지나오셨지 않습니까? 부모나 조부모에 비해 흑인들의 삶에 변화가 있던…….

모리슨   굉장히 큰 변화였죠…….

엘컨   가령 오바마가 대통령에 당선됐을 때 어떤 기분이셨어요?

모리슨   전 오바마가 정말 좋아요. (웃음) 그게 제 기분이에요. 그 사람도 절 좋아해요! 사실 그건 잘 모르지만, 아니 알아요. 절 파티에 초대했거든요. 아들 포드와 함께 초대받았고 참석했지요.

엘컨   이번 일이 특수한 경우였다고 생각하세요?

모리슨   글쎄요.

엘컨   우리는 진정 달라진 미국에 살고 있는 건가요? 다시금 변화
         가 찾아온 걸까요?

모리슨   일단 달라진 건 맞아요. 마틴 루서 킹이 있었고 오바마가 있
         었어요. 오바마는 재선에 성공했어요. 우리는 흔히 누군가를
         선출해놓고도 두 번 당선되지 못하게 만들죠. 단 한 번의 임
         기밖에 허락하지 않아요. 하지만 오바마에게는 두 번의 임기
         가 있었어요. 오바마의 딸이 여기 한 번 온 적이 있어요. 큰
         딸이었을 거예요, 아마. 글을 쓰고 싶다고 했어요. 오바마가
         아니라 그 아내가 저한테 부탁했어요. 딸이 작가가 되고 싶어
         하는데 시간을 내줄 수 있겠냐고요. 저는 물론 좋다고 했죠.
         그래서 리무진을 타고 여기 왔고 나와 대화를 나누었어요. 정
         말 아주 사랑스러운 친구였어요.

엘컨   자유가 더 많아지고 고정관념은 좀 줄었다고 생각하세요?

모리슨   그렇게 생각해요. 물론 제 경우에는 명성을 얻었으니 인생이
         변하는 게 당연하죠. 진정으로 변화를 가늠하려면 지금 청소
         년인 제 손주들이 제가 그 나이에 했던 생각과는 전혀 다른
         생각을 하고 있는지 봐야 하죠. 그리고 저희들 엄마와 얼마나
         다른 생각을 하고 있는지 봐야죠. 애들 엄마도 이미 프린스턴
         대학교의 우드로 윌슨 칼리지 학장이니까요. 그러니까 저와

같은 부류로 묶을 수 없죠.

엘컨   손주들은 변화를 못 느낀다는 말씀이신가요?

모리슨   아니요. 우월하다고 느끼죠. 제 손녀딸은 지금 요르단에서 아
랍어를 공부하고 있어요. 젊은 흑인 여성이라서가 아니라 요
르단에서 아랍어를 공부하고 싶어서 갔어요. 그건 정말……
(웃음) '아, 그러니?' 싶어요. 저는 그 나이 때 상상도 하지 못
하던 거예요. 저는 자부심이 매우 강한 흑인이었어요. 그건
말하자면 자부심이 매우 강한 동성애자인 것과 비슷해요. 제
가 속하는 좁은 범주가 따로 있었던 거예요. 그게 의미가 있
든 없든…….

엘컨   자부심이 매우 강한 흑인으로 산다는 것은 어떤 의미일까요?

모리슨   의미요? (웃음) 어머니는 언제나 '더 나은' 사람이었어요. 최
고의 가수였고 교회에서도 성가대 활동을 했어요. 목소리가
정말 아름다워서 오하이오주 내 다른 지역에 사는 백인들도
엄마 노래를 들으러 왔어요.
그래서 저는 사회의 가장자리와 사회의 상층부가 가지는 의
미에 대해 전혀 다른 생각을 하면서 컸어요. 하지만 그건 제
가 오하이오주에 살았기 때문이죠. 오하이오주는 달랐으니까
요. 조지아주였다면 그런 일은 일어나지 않았을 것 같습니다.

엘컨   요즘에는 세상이 거꾸로 가고 있어요. 유럽에는 민족주의, 파시즘이 돌아오고 있어요.

모리슨   맙소사!

엘컨   미국도 그럴 위험에 처해 있다고 생각하세요?

모리슨   그렇습니다. 일종의 부패예요. 부끄럼 모르는 부패. 대개 형편없는 지도자가 있으면 많은 사람이 수치심을 느낍니다. 지금은 인종과 상관없이 트럼프를 부끄럽게 여기는 사람들이 있지만 충분치 않아요. 아니, 누가 상상이나 했겠습니까. 그자는 매 순간 거짓말을 해요. 모든 게 거짓말이죠. (웃음)

엘컨   트럼프는 흑인 시민사회도 싫어하죠?

모리슨   괜찮다고 생각해요. 상관하지 않아요. 인종은 그 사람한테 아무 의미 없어요.

엘컨   인종주의자가 아니라고요?

모리슨   잘 모르지만 인종주의자의 범주에 속하지는 않아요. 그 사람한테 인종은 중요하지 않으니까요. 그 사람한테는 돈이 중요해요. 그 사람은 아마 돈 많은 흑인들이라면 좋아할 거예요.

엘컨　오늘날 미국에서 작가로 산다는 것은 전과 달라졌나요? 사람들이 책을 덜 읽나요?

모리슨　글에 대한 반응은 달라졌어요. 제가 틀릴 수도 있어요. 대학에서 워낙 오래 가르쳐서 좀 감이 떨어졌지만 사람들이 전처럼 읽지 않는다는 느낌이 들어요.

엘컨　그런가요?

모리슨　그런 것 같아요. 그리고 전처럼 많이 읽지도 않고 특정 주제에 대해서는 읽고 싶어 하지 않아요. 하지만 제가 감이 좀 떨어졌을 수도 있어요. 이제는 대학을 떠났지만 프린스턴대학교에 있는 동안은 중요한 책이 나오면 분위기가 어땠는지 어느 정도는 감지할 수 있었어요. 그런데 지금은 대학에서도 나와서 잘 몰라요. 비서한테 들어서 아는 정도예요.

엘컨　왜 글을 쓰십니까?

모리슨　잘하니까요. 그게 한 가지 이유예요. 어떻게 써야 하는지 알아요. 언제나 알고 있었어요. 문제는 다른 사람들이 그렇게 생각하지 않는다는 점이었죠.

엘컨　어렸을 때는 무엇 때문에 글쓰기를 시작하셨나요? 왜 작가가 되셨나요?

모리슨   학교 다닐 때 엄마가 학부모 상담 기간에 선생님을 만나러 학교에 왔어요. 선생님은 엄마한테 저를 아주 신중하게 키워야 한다고 했어요. 제가 아주 재능 있는 아이라고 했어요. 그리고 아까 이야기한 것 같은데 영어를 배울 수 있도록 제 옆에 두 이탈리아 학생을 앉혔어요. 제 결혼 전 성은 워포드인데 그때는 알파벳순으로 자리를 정했어요. 그래서 이름이 'W'로 시작하면, 'Z'나 'V'로 시작해도, 뒤에 앉게 됐어요. 셜리 빅, 'V-I-C-K'라는 아이도 제 옆에 앉았어요. 그 옆에는 이탈리아 애들이었어요. 그냥 저와 셜리 빅 같은 아이들과 뒤에 함께 앉힌 거예요.

엘컨   어떻게 글을 쓰게 되셨어요? 단편소설부터 쓰셨나요?

모리슨   기억을 더듬어보자면 대학에 가기 전까지는 글을 쓰지 않았던 것 같아요. 고등학교에서는 뭘 했는지 잘 생각이 안 나요. 뭘 썼을 수도 있겠지만 기억이 나지 않아요. 왜냐하면 다녔던 대학에 30년 전쯤에 돌아갔는데, 거기 동료가 있었거든요. 그 친구를 만나러 갔고 커피를 마셨는데 그 동료가 제가 학생 때 썼던 글을 갖고 있었어요. 좋은 글의 사례로 삼아 학생들에게 나눠 준다고 말하더라고요.

엘컨   좋은 글이란 무엇입니까?

모리슨   (한숨) 저도 알았으면 좋겠어요. 쓸 수는 있는데 설명할 수는

없어요. (웃음)

마침내 음악에서 문학으로 왔어요.
흑인문학, 혹은 흑인에 대한 문학으로요.

엘컨   노벨문학상으로 인생이 바뀌었나요?

모리슨   아니요. 상금을 좀 받았지만 써버렸습니다. 많은 사람의 화를
        돋우었지요. 사람들은 모욕에 가까운 기사들을 썼고 저한테
        정말 큰 상처를 주었습니다. 뭣 하러 저한테 상을 준 거냐고
        했죠. (웃음)

엘컨   수많은 상을 받고 영예를 얻은 뒤 글을 쓰는 게 더 힘들지는
        않나요?

모리슨   그렇지 않아요. 저걸 보세요. 보이시나요? 제가 쓰고 있는 소
        설이에요. 저 원고에 대해 아침 내내 편집자와 이야기를 나누
        었어요. 제목은 '정의'예요.

엘컨   짧은 제목을 좋아하시는군요.

모리슨   좋아해요. 그러고 보니, 생각해본 적은 없지만 사실이에요.
        이런 식으로 떠오르는 제목은 책 속에 들어 있는 무언가를 요
        약하는 제목이에요. 인물이나 사람, 그 속에 살고 있는 사람,

혹은 어떤 분위기.

엘컨   시적인 글이라는 칭찬을 좋아하세요?

모리슨   그렇게 말하는 사람도 있었어요. 좋아해요. 무슨 뜻으로 그렇게 말하는지 아니까요. 고양된 언어라는 의미예요. 모든 소설은 고양되어야 해요. 저는 언론 기사에 어울리는 산문체를 소설에 쓰는 것은 좋아하지 않아요.

엘컨   진심으로 존경하는 소설가가 있나요?

모리슨   꽤 오랜 세월 동안 어스킨 콜드웰을 아주 좋아했어요. 콜드웰의 두뇌, 생각, 사물에 대한 이해를 좋아했어요. 글도 아주아주 잘 썼지요. 하지만 잘 쓰는 사람들은 많아요. 콜드웰은 주변 사람과 쓰는 친밀한 언어가 있고 그들 사이에서 느끼는 친밀감을 알아요. 몇 번 만난 적도 있어요. 따분한 노인네였어요. 하지만 그 사람이 만들어낸 인물들은 정말 특별했어요. 물론 친구들과 있을 때는 달랐겠죠. 하지만 그게 마음에 들었어요. 제가 만난 작가들 중에는 굉장히 작가 같은 (짐짓 점잖은 목소리로) 작가들이 있었거든요. 항상 으스대는 사람들이요. (웃음) 좋은 사람들이었지만 다른 무엇보다 필력을 우위에 두는 사람들이었어요.

엘컨   흑인문학이 오늘날에도 잘 살아 있다고 보시는지요?

모리슨 글쎄요. 어디 봅시다. 이제 움직인 것 같아요. 한때는 흑인음악이 가장 중요하게 여겨졌어요. 그러다가 일부 작가와 그들의 소설로 옮겨갔어요. 흑인의 글이 중요해진 거예요. 제임스 볼드윈이 그랬죠. 지금은 하나만 꼽을 수 없어요. 이쯤 왔어요…….

어쨌든 마침내 음악에서 문학으로 왔어요. 흑인문학, 혹은 흑인에 대한 문학으로요. 하지만 볼드윈 같은 작가는 여기 살지도 않았지요. 터키현 튀르키예인지 어딘지 살았어요.

엘컨 문학이 오늘날에도 살아 있다고 보시는군요. 새 책을 읽으시고…….

모리슨 그럼요! (웃음) 그 숫자가 많은지 어쩐지는 모르겠지만…….

엘컨 흥미롭게 지켜보는 새로운 작가들이 있나요?

모리슨 몇몇 젊은 여성작가들이 있어요. 새로운 유형의 작가들이죠. 관심사가 다르거든요.

엘컨 여성에게도 많은 발전이 있었지요.

모리슨 그렇다고 볼 수 있죠. 맞아요. 그럼요.

엘컨 우려하는 점도 있습니까?

모리슨   이 나라를 운영하는 사람*에 대한 우려가 굉장히 크지요. 얼마나 무지하고 비겁하고 천박하고 자기중심적이고 양심이 깊은지……. 게다가 나이도 많아요. 일흔둘이에요. 그만두어야해요. 여기 그 사람에 대해서 우드워드**가 집필한 아주 좋은 책이 있어요. 『공포: 백악관의 트럼프』라는 책이에요. 전 이책을 읽고 생각했어요. 오, 신이시여. (웃음) 내가 생각했던 수준보다 더 심각하구나! 제가 생각했던 수준도 이미 심각했거든요.

엘컨   선생님이 행복하시다고 생각해도 될까요?

모리슨   그럼요. 전 오래 살았어요. 잘 살았어요.

엘컨   글도 계속 쓰실 거지요?

모리슨   그럼요.

---

*   인터뷰 당시 미국 대통령은 도널드 트럼프이다.

**   〈워싱턴 포스트〉 기자인 밥 우드워드는 대통령 행정부를 분석하는 여러 저서를 출간한 바
         있다. 칼 번스타인과 공동 집필했고 닉슨 행정부에 대해 이야기하고 있는 『워터게이트: 모
         두가 대통령의 사람들』이 가장 널리 알려져 있다.

옮긴이의 말

혐오는 험한 표정과 말, 조롱을 통해 노골적으로 드러나기도 하지만 항상 그런 것은 아니다. 미워하는 마음은 오히려 미워하는 대상을 삭제하는 방식, 지워버리는 방식으로 나타나기도 한다. 내가 지워진 세상에서 산다는 것은 어떤 의미일까? 내게 중요한 결정을 내리는 사람들 사이에 나와 닮은 사람이 없다는 의미이다. 호평이 쏟아지는 문학작품에 나를 닮은 사람이 등장하지 않는다는 의미이다. 등장은 해도 명명은 되지 않거나 중요한 일을 해도 숨어서 해야 한다는 뜻이기도 하다.

그래도 꾸준히 지워진 사람들의 이야기를 하는 작가들이 있다. 토니 모리슨도 그런 작가이다. 노벨문학상을 받은 최초의 흑인 여성작가라는 말에 다 욱여넣을 수 없는 사실이 바로 이것이다. 모리슨은 지워진 사람이면서 지워진 사람들의 이야기를 한 사람이다. 그런 사람이 세계 사람 누구나 알고 있는 상을 받는다는 것은 지워진 이들의 입장에서는 작지만 얼마나 통쾌한 일인가. 노벨문학상은 그래서 결코 국위선양의 관점에서 볼 것이 아니라 지워진 사람들에게 비추어진 조명 하나로 보아야 할 것이다. 이 땅에서 한강 작가의 2024년 수상 소식이 밝고 따뜻한 빛줄기처럼 느껴진다면 지워진다는 것이 어떤 의미인지 알고 있는 사람일 가능성이 높다. 토니 모리슨도 그런 사람을 위한 작가이다.

그런데 토니 모리슨은 지워진 사람들을 이야기하는 것에서 그치지 않고 그 사람들에게 우리가 얼마나 위대한 일을 해냈는지 보라고 말한다. 남들은 우리를 미워하고 그래서 지워버리려고 하지만 그래도 우리는, 아니 그렇기 때문에 더욱 우리는 우리를 미워해서는 안 된다고 말하는 사람이다. 그뿐만 아니라 인종이라는 관념과 타자화의 기제를 거의 문화인류학자처럼 탐구한 사람이다. 그 탐구 결과는 토니 모리슨의 소설뿐만 아니라 그가 남긴 여러 논문, 에세이, 강연 원고 등에 조목조목 나열된 생각에 뚜렷이 드러난다.

이런 모리슨의 생각이 입말로 하는 인터뷰에도 고스란히 담겨 있다는 사실은 모리슨이 얼마나 견고하게 자신의 사상을 구축해왔는지 보여준다. 내내 친절하고 겸손한 태도로, 그러나 진지하고 단호하게 건넨 대답 속에서 소설가 모리슨, 학자 모리슨이 비로소 인간 모리슨과 하나가 되어 어우러진다. 그래서 『토니 모리슨의 말』은 토니 모리슨이라는 사람을 알아가는 시작점으로 잡아도 좋고 끝점으로 잡아도 좋을 것이다. 이 책을 번역하는 귀중한 기회를 얻게 되어, 지워진 목소리를 증폭하는 데 작은 힘이나마 보태게 되어 영광이다.

2024년 11월
이다희

1931	2월 18일 미국 오하이오주 로레인에서 태어난다. 본명은 클로이 앤서니 워포드이다.
1949	로레인에서 고등학교를 졸업하고 하워드대학교에 입학한다.
1953	하워드대학교에서 영문학 학사학위를 받는다.
1955	코넬대학교에서 버지니아 울프와 윌리엄 포크너에 관한 논문으로 영문학 석사학위를 받는다. 휴스턴의 텍사스서던대학교에서 강의를 시작한다.
1957	하워드대학교 영문학 교수로 임용된다.
1958	자메이카 출신 건축가 해럴드 모리슨과 결혼한다.
1961	첫째 아들 포드 모리슨이 태어난다.
1964	둘째 아들 슬레이드 모리슨을 임신한다. 해럴드 모리슨과 이혼한다.
1965	둘째 아들 슬레이드 모리슨이 태어난다. 랜덤하우스 출판사

의 자회사인 L.W. 싱어 출판사에서 편집자 일을 시작한다.

1967   랜덤하우스 출판사에서 일하기 위해 뉴욕으로 이사한다.

1970   첫 번째 소설 『가장 푸른 눈』을 출간한다.

1973   두 번째 소설 『술라』를 출간한다.

1974   『술라』가 전미도서상 후보로 지정되고, 오하이오 북 어워드를 수상한다.

1977   세 번째 소설 『솔로몬의 노래』를 출간한다.

1978   『솔로몬의 노래』로 전미도서비평가협회상, 미국예술문학아카데미상, 작가의 친구들상, 클리블랜드 예술문학상을 수상한다.

1981   네 번째 소설 『타르 베이비』를 출간한다.

1983   15년간 일한 랜덤하우스 출판사를 떠나 전업 작가의 길로 들어선다. 30주년을 맞은 〈뉴스 위크〉의 3월 호 표지를 장식한다.

1984	뉴욕주립대학교 알베르트 슈바이처 교수직에 임명된다.

1986   첫 번째 희곡 〈꿈꾸는 에밋Dreaming Emmett〉이 올버니대학교에서 처음 상연된다. 이 희곡은 1955년에 백인 남성들에게 린치와 살해를 당한 흑인 소년 에밋 틸 사건을 다룬다.

1987   다섯 번째 소설 『빌러비드』를 출간한다.

1988   『빌러비드』로 퓰리처상, 전미도서상, 로버트 F. 케네디 상을 수상한다.

1992   여섯 번째 소설 『재즈』를 출간한다.

1993   흑인 여성작가 최초로 노벨문학상을 수상한다.

1998   일곱 번째 소설 『파라다이스』를 출간한다. 프린스턴대학교의 로버트 F. 고힌 기금교수로 임명된다.

2002   아들 슬레이드 모리슨과 함께 아동소설 『얄미운 사람들에 관한 책』을 출간한다. 『빌러비드』의 토대가 된 마거릿 가너의 이야기를 오페라로 쓰기 시작한다. 오페라 〈마거릿 가너〉는

2005년 디트로이트에서 초연한다.

2003   여덟 번째 소설 『사랑』을 출간한다.

2006   프랑스 파리 소르본대학교에서 영문학 명예박사학위를 받는다. 프린스턴대학교 교수직에서 퇴임한 후 프랑스 루브르 박물관에서 강의를 시작한다.

2008   아홉 번째 소설 『자비』를 출간한다. 프린스턴으로 돌아와 '이방인의 고향'이라는 이름의 세미나를 진행한다.

2010   아들 슬레이드 모리슨이 췌장암으로 사망한다. 당시 『고향』을 집필 중이던 토니 모리슨은 집필을 중단한다.

2012   열 번째 소설 『고향』을 출간한다. 버락 오바마 전 대통령에게 자유 훈장을 수여받는다.

2015   열한 번째 소설 『하느님 이 아이를 도우소서God Help the Child』를 출간한다.

2019   8월 5일 향년 88세로 생을 마감한다.

책 · 매체명